SHANGHAI METRICIAN
上海诗人

主编 赵丽宏 执行主编 季振邦

宽容的温暖

上海文艺出版社

SHANGHAI METRICIAN
上海诗人

2

主　　编　赵丽宏

执行主编　季振邦

策　　划　杨斌华　田永昌　朱金晨

常务副主编　孙　思

副 主 编　杨绣丽　徐如麒

编　　辑　巫春玉　赵贵美　宗　月
　　　　　钱　涛　王亚岗　张沁茹
　　　　　征　帆　张健桐　罗　琳

上海诗人

2024 年 8 月　肆

主办单位　上海市作家协会
　　　　　上海文艺出版社

编　　辑　《上海诗人》编辑部
地　　址　上海巨鹿路 675 号
邮政编码　200040
电　　话　021—54562509
　　　　　021—62477175 转
电子信箱　shsrb@hotmail.com
　　　　　shsrbjb@163.com

头条诗人

004　在时间的沙漏里（组诗）　　　　　许晓雯

名家专稿

010　观海弄潮（组章）　　　　　　　　皇　泯
013　宽容的温暖（组诗）　　　　　　　汉　江

域外诗笺

016　赞　歌（外四首）　　［法］于格斯·拉布吕斯 /
　　　　　　　　　　　　　　　　　　 周文标　译

华夏诗会

020　一滴露含蓄着天凉（组诗）　（湖北）刘卫桃
022　云彩来自另外的一个世界（组诗）
　　　　　　　　　　　　　　　（江苏）汪　洋
024　瓦背上的月亮已经很高（外六首）
　　　　　　　　　　　　　　　（浙江）王典宇
026　从故乡走来的雨（外五首）　（安徽）阿　成
029　泥土的具象（外四首）　　　（广东）陈　希
030　岁月肖像（组诗）　　　　　（辽宁）刘恩波
032　驼色，这一场秋天的颜色（外三首）
　　　　　　　　　　　　　　　（陕西）李晓峰
035　栀子花（外三首）　　　　　（江苏）许　静
036　雪落南极（外四首）　　　　（云南）刘志文
037　挑灯夜读（组诗）　　　　　（四川）董洪良
039　在时空的纸面上（组诗）　　（河北）董　贺

散文诗档案

041 盐码头钩沉（组章） 龙小龙
045 一个人的草原（组章） 孔晓岩
048 山　居（组章） 苏　忠
051 堆叠生活的风度（组章） 黄鹤权

特别推荐

055 我会到达钟声（组诗） 黄劲松
058 如此熟悉的回响（组诗） 柳文龙

上海诗人自选诗

061 满地阳光的碎片（组诗） 陆　萍
065 越过台阶上的木香花（组诗） 子　薇
067 水晶天（组诗） 柳　柳
070 山西，从白纸上站了起来（组诗） 倪宝元
072 朝花夕拾（组诗） 火　俊
075 截取一瓢多年的寄存（组诗） 枫　肥

文章千古事

078 晴雨人生——陆士清先生印象 孙永超

诗坛过眼

084 时间与空间的交错
　　——谈佛柳诗的哲学路径 王　云

读李清照

089 水通南国三千里——李清照的襟怀 杨闻宇

浦江诗会

093 请风坐进我的诗行（组诗） 丹　飞
094 源头的黄河（外二首） 杨瑞福
095 周庄画卷（外一首） 丁卫华
096 书　信（外一首） 张亭亭
097 岁月终不负深情（组诗） 戴薇薇
098 几里外的村庄（外二首） 屠国平
099 瓯江品梅（外二首） 凌　寒
101 加格达奇大兴安岭记行（外一首） 何之彦
102 写在新春的树林里（外二首） 叶振环
104 爱上这片海（外一首） 文　博
104 夜　语（外二首） 晶　石

旧诗新韵

106 偶　得 陈洪法
108 七律——远航（八首） 高元兴

诗海钩沉

109 "九叶"诗人曹辛之 韦　泱

诗人手迹

封二 海　男

读图时代

封三 罗　琳 摄影/配诗

推荐语

  贝克莱认为世界上的事物都是观念，只有通过心灵才能被感知。相比于同龄的诗人，许晓雯的锐感力可能更强些，正因为此，她对人对事物的感知力也强于普通人。她以现实世界为基点，通过想象与变形，使自己的这组诗更多的趋于隐秘和纤细。她的目光不是正方形，也不是长方形，而是量角器，她用量角器去量各种角时，要先把量角器的中心点与角进行重合，再把量角器与角的一条边重合。为此，她笔下的人或事物，就变成了一些耐人寻味的小数点，这些小数点看上去微不足道，但恰恰是它们以还原的方式，超越了平面图形，直接抵达图形的立体性以及某种隐喻的符号。

  当我们说一块石头是坚硬、沉重、冷的时候，我们实际上是把我们对石头的观念归纳为一个概念，而不是指代一个真实的物体。第一首《顶峰上》便是如此，诗人根据自己对孤独的感知，而把一个站在顶峰上的人，想象成一只乌鸦，让他的孤独有了替代物；第二首《变形》以想象的别出心裁，让自己始终以一种变形的状态，在令人想象不到的层面上进行换喻。验证了贝莱克的"存在即是被感知"；人常常会迷失自我，找不到自我，因为人是心灵的产物，外部世界会一直存在于我们的感知和思维之中。也由此，自我这个抽象观念，很难具体化，不能具体化的，就会常常找不到，于是就有了第三首《看月亮的人》；贝莱克认为存在就是被感知，而被感知就意味着有一个感知者和一个被感知者。第四首《像乌鸦一样思考》就揭示了这样的一个哲学观点；生活是一块石头，有时候我们只能推着这块石头努力地向前。没有人能扔下这块石头或砸碎这块石头，因为扔下它砸碎它，某种意义上说就是抛弃生活，这是第五首《90后网约车司机》带给我们的启示。

  诗不是生活一比一的复制，只有打开生活的唯度，深入肌理之中，才能从时间里跳出来，一直向前。接下来《菜市场鱼图鉴》《土地的守望者》《活着为了讲述》《和一只猫对视》《我是历史的窥探者也是撒旦》等诗，诗人在找不到挣脱的出口时，就会找一个切口，把心灵世界的矛盾和迷雾"藏"或"隐"于内中，成为人和物境遇的沉吟和倾诉。

  许晓雯总是在不断自我质疑和辩驳中，更新对事物的认识，体认生活的真相，也同时确认自己的。她还年轻，她的诗还有上升空间，祝愿她在今后的写作道路上，不断提高自己，超越自己！

——孙　思

许晓雯简介

许晓雯,中国作协会员。作品于《人民文学》《十月》《诗刊》等多家刊物发布。组诗翻译有日语、阿拉伯语版本并入选国外刊物。已出版诗集《孤独是沉默的金子》《共占春风》(日语版)等多部。

在时间的沙漏里
（组诗）

许晓雯

顶峰上

在孤独的顶峰
他站立
俯瞰这片浩渺的世界
心中却充满了茫然

运气是风中的尘埃
无法预测，无法掌控
他在白昼和黑夜间徘徊
寻找那不曾到来的答案

白昼的光芒刺痛他的眼
黑夜的寂静吞噬他的心
他在无尽的轮回中
与自己的影子对话

夜幕再次降临
他依旧伫立
在孤独的顶峰上
变成了一只乌鸦

变　形

在黎明前的黑暗里
我看见影子在墙上舞动
如同一场无声的狂欢
他们伸展、扭曲、融合
仿佛要逃离固有的形状

我闭上眼
身体开始解体
每一寸肌肤，每一根骨骼
化作流动的色彩
散布在时间的涟漪中

梦中的海洋翻涌着
波涛无尽
我变成一条鱼
在深蓝中穿行
每一次呼吸都是新的诞生

而后，我成了一颗星
悬挂在夜空的尽头
光芒微弱却坚定
静静观察着人间的变幻
每一个故事，都是我未曾经历的

醒来时
阳光洒满房间
影子已不再舞动
但我知道
在某个角落，我依旧在变形

看月亮的人

他站在窗前
夜风轻轻拂过他的脸
月亮高悬，柔和的光洒满大地

他凝望，仿佛在寻找什么
月光下的他
像一个梦境里的影子
沉默而深邃
眼中映着远方的星辰

他在寻找答案
在银色的光辉中
试图捕捉那些飘忽的思绪
和未曾解开的谜题
在这寂静的夜里
他是看月亮的人
也是在寻找自我的人

像乌鸦一样思考

乌鸦的智慧
如同无尽的星空
它们的思考
是黑夜中的火花

乌鸦喝水的故事
是一场科学的试验
在瓶子和石子的交织中
演绎着方法的力量

它们用小石子
一点点填满瓶子
水面缓缓上升
智慧在每一个动作中闪耀

我学会了试验
在生活的瓶子中
不断投掷自己的石子
探索未知的边界

90后网约车司机

他驾驶着特斯拉，在都市游移
公司破产后，世界似乎变得黯淡
网约车成为他生活的依托

车内寂静，只有导航声响起
他心中却涌动着万千思绪与独白
有时也感叹命运的捉弄和嘲笑

他还写诗，也专研佛学
试图在尘世中寻找心灵的净土
他向我这个陌生的乘客诉说自己的故事

在等红绿灯时，他抚摸着方向盘
像是在抚摸过去的辉煌
绿灯亮起，深吸一口气，再次启程

服务结束后，我下车了
他另一段行程又拉开序幕
人与人之间，悲欢各异
我在这短暂同行中
仿佛穿越了他的整个人生

菜市场鱼图鉴

在菜市场的喧嚣中
鱼儿跃动，色彩斑斓
挑选的手，轻轻拂过
触摸着海的记忆和沉默

银鳞闪烁如星辰
鳍翅摆动如风吹
渔舟之上，梦想飘荡
海浪之间，自由徜徉

但在这市场的喧嚣中
它们不再是海洋的精灵
而是人类餐桌上的美味
等待被剖开，等待被食用

我拿着图鉴
却看不见它们的故事
只看见它们的形态
不曾知晓它们的情感

或许在鱼的眼中
也有对家的眷恋和思念
可在这菜市场的叫卖声中
谁又会留意这些呢

鱼图鉴里的每一张画
都是一个个海洋的谜语

而我们，只是在解读着
一个个被捕获的灵魂

土地的守望者

他是土地的化身
生长在山间的老树
根系深深扎入泥土
守护着这片古老的土地

他不是富丽堂皇的宫殿
不是高耸入云的塔楼
他是大地的信使
传递着生命的力量

在他的身边
鸟儿轻轻歌唱
声音如同清泉流淌
洗涤着灵魂的尘埃

他站在山巅
眺望着远方的风景
此时——
他是雄鹰，也是灯塔

活着为了讲述

读着马尔克斯的《活着为了讲述》
心中涌起无数波澜

他说——
"下个月，我就满23岁了。
我逃过兵役，义无反顾地每天抽60根香烟，
天黑了，就随便在哪儿凑合一夜。
前途一抹黑，生活一团糟。"
他的路上布满陷阱，推诿，幻想
每一步，都在避开诱惑的漩涡
"似乎我干哪行都行，
就是当不了作家。"
可他没有停下
40岁时，《百年孤独》问世
他用文字编织世界
揭示人性的孤独与奇迹
55岁，他站在诺贝尔文学奖的舞台上
那一刻，所有的迷惘与困顿
化为荣耀的光芒
我们活着，为了每一个日夜的挣扎
为了每一段平凡的岁月
在文字中找到自我
在故事里重生

和一只猫对视

在暮色染蓝的时刻
我们相遇——
你，一只猫
眼神深邃如夜空
我，一个人
心中充满未曾解开的结

我看见自己的影子

倒映在你的瞳孔里

迷茫、渴望和对自由的呼唤

我是历史的窥探者也是撒旦

在历史的沙漏里

我偷窥，像个无形的幽灵

透过那微小的间隙

我看到了千百年前的秘密

一代权臣，在时间的裂缝中蛰伏

他的野心，像蛇等待猎物的靠近

然后，猛然昂起头、吐出红信

缓缓滑行紧盘身体，再发动致命一击

你的步伐轻盈

如风中飘荡的羽毛

我在心底默叹

多么羡慕你的自由

无需考虑明天

无需为未来担忧

我，又似撒旦

在人的面孔、心灵和行动间游走

我看到了，那些隐藏的欲望

在每个人心中，如同深海中的暗流

我们对视

在这无声的交流中

我看到你眼中的孤独

仿佛世界与你无关

又仿佛你掌控着整个宇宙

我看到，那些不为人知的黑暗

在每个人的行为里，如同夜晚的阴影

我看到，那些被掩盖的秘密

在每个人的思想中，如同深渊中的怪兽

你似乎读懂了我的心思

微微眯起眼睛

那一瞬间

我是历史的窥探者

在时间的沙漏里，我看到了一切

我是人性的撒旦

在人的面孔、心灵和行动间，我知晓了一切

观海弄潮（组章）

皇 泯

短暂的音符，缠绵着永恒的浪漫

晚餐前，翻过假山，涉过枯水，跨过来不及遗梦的廊桥，响起了音乐时间。

仅仅是一种想象，却有小桥流水的潺溪。

好汉坡上，无须一四七三六九的一声吼。

酒，度假去了。

芭蕉树，又不是开花结果的时节，几片长长的叶子抚摸过秋后再抚摸冬，风，也有酥软的感觉。

远去了罗伯特·金凯……

远去了弗朗西丝卡……

诗情着美妙的时光，画意着生活的色彩。

短暂在五线谱中的音符，缠绵着永恒的浪漫。

风，请小心一点吹

我们，成不了化缘的僧侣，走过尘世的喧嚣，逃向深山的寺庙。

就只能这样，捕捉陶令的踪影，将现代休闲疗养地想象成桃花园。

那茅亭，却念念不忘官场风光，榕树下也顶戴花翎。

罢。罢。罢。

茅亭内，棋不要对弈，酒影不可成三人。

阳光如此灿烂，树冠下，不能有黑暗的浓重。

风，请小心一点吹！

莫惊动了蓝天白云。

根扎一方土地，风向却各自东西

三棵椰子树齐整整站在一起，已是很多年前的时候。

很多年前，同行一条路，路拐弯，心不拐弯。

很多年前，同饮一杯酒，梦沉醉，心清醒。

那时，我们很年轻，青涩的时光，没有冬天的冰冷，只有春天的温情。

历经夏历经冬历经变幻的人生，高高低低，枯枯荣荣。

一棵树有一棵树的活法。

虽然根扎一方土地，风向却各自东西。

湛蓝色的苦涩

音乐停滞在这里，时间静止在这里

假山虚假了，凉亭冰凉了

适合度蜜月的地方，只剩余

湛蓝色的苦涩

近边，是穿泳装的海滩

浪漫，不怕晒黑

远处，就是冲浪的海湾

勇敢，不怕呛水

高高的槟榔树踮起脚尖，伸长着窥探的听觉或者目光，忘了结槟榔

风，吹弯了海岸

走近海滩，先是金黄，后是湛蓝

心境，五彩斑斓

拾海，不论是蟹还是贝壳，原汁原味的生活，天空，不碍白云飞

观海，潮起潮落，卿卿我我后，我走近你，你远离我，正午的烈日，无处躲

难怪，太阳伞下成双也成单，远处的珊瑚礁，没日没夜，向大海倾情地诉说

风，拉直了海平线，吹弯了海岸

椰子树，来不及传递远方的消息，海鸥，

就折断了翅膀

龙舌兰与南洋楹，都是爱的表达

龙舌兰，六十年才可开一次花，仿佛人生花甲还有爱

南洋楹，却是植物生长赛跑家，四至七个月，爱便枯萎

龙舌兰与南洋楹在一起，一个慢，一个快

快有快的理由，慢有慢的说法，快与慢都是爱情的速度

龙舌兰又称世纪树，花语盛开的希望。叶片有刺，初碰很温馨，抽离，止不住的痛，好像相爱的分离。传说是凤凰涅槃失败的产物，凤凰再次飞起才会绽放，爱，需要等待

南洋楹撑开巨伞，在阳光下避羞，却经不起风吹雨打。尽管不寓意爱，则呈现爱的另一种存在

难怪龙舌兰与南洋楹在一起，都是爱的表达

适者生存的日子，更精彩

万宁首创奥特莱斯，世界名牌，虽有折扣，口袋里的硬币却叮叮当当

迟疑的脚印，坐在进出口门前，默默不语，只有晨光笔在黄昏的速写本上沙沙地响

碧绿的椰子树歪着脖子，瞟了折扣店一眼，夕光，为宫殿式的建筑嵌入了金碧辉煌

速写，只有黑与白，也只能黑与白

不羡慕豪门富者的挥金撒银，只崇尚寻常百姓的勤俭持家

每一个人都有自己的生存方式，量体裁衣的打扮，更舒服，适者生存的日子，更精彩

飞翔的翅膀，将天空抖干

好汉坡度假，不一定是好汉

经不起风，挡不住雨，时间太干燥了，会让生命烧成灰烬

阳台上写生，没有阳光的灿烂，只有光阴的星星点点，闪闪烁烁

雨洗亭台楼阁后，游人还在隔着玻璃观望天象，鸟儿的翅膀，已将天空抖干

三亚春天的阵雨，来得快，去得也快，就像刚刚止哭的玩童，将泪水挂在脸上

别以为这是一种想象的夸张，叶丛就是那积雨云，雨珠，从叶尖上滴落下来

我在忧郁的黄昏，看到了亮晶晶的时间

宽容的温暖（组诗）

汉 江

坐船去圣吉尔根

没有码头，也没有人垂钓
船员用一块跳板一只手
让我弓身提心下了船
此刻，白马酒店有多少龙虾下了锅？
水火兼容的电瓶船，如熨斗
推抻着湖的绿绸缎

太阳斜滑。山的倒影，以及
微澜皱褶里的幽暗
都深藏寒意，但船上播放的
莫扎特第四圆号协奏曲
以及前方的圣吉尔根
有着宽容的温暖

湖中，一只天鹅孤单的黑
提前融入暗蓝的暮色
岸边的教堂用尖顶挺着夕照
凉风送来莫扎特童年的呼吸
今晚，我不寻他世系顺直的根
只追他线谱起伏的梦

邮　票
——列支敦士登制作的邮票闻名于世

刚过桥，一枚红叶的邮票
亲昵地粘贴我胸前——
告诉我：走出这瓦杜兹市
会是别国领域

昨晚下过一场雪，此刻街道
湿湿的。路旁堆积的雪
以山的形状裹着
落叶的植被。一幢小楼前
三匹马站得很抽象
铁头铜臀，毛胚的腰腿
扫雪人呵着手掌，凑近我
用普通话说：小楼免费参观
法院、市政府、首相府各占一层
地下室别去了，是监狱
嘿，邮票要不？

我问：河西是瑞士，东侧
阿尔卑斯山的积雪即便能融化
滋润的也是奥地利
亲，我即将过河登山
要贴多少邮票？

寄

在乌斯怀亚，买一张去南极的
往返船票之前，先去搭建在
火地岛栈桥上的邮局
买一张明信片，盖几个
图形不同的企鹅邮戳
然后提笔想了又想
——寄给谁？

在这世界居住陆地最南端的
小木屋——邮局
背山，山有日渐融化的冰
面海，海有随时消失的浪
生旅如寄，或许
只有寄给自己，才能确定
收到与否……

瓦纳卡湖上的树

湖不小，似长河，通大海
这棵湖中唯一的树
是水的精灵，风的形象大使
不管是否摇曳，它都是飘然若仙的
仙，它的海拔
高于周围所有的山

时空之镜中，它的倒影
在云天之上。这方水土因了它

让人敬若神明。多想卸去
内心结聚的悲欣
像它独善自身，或像那只鸟
栖息在它肩头

或许，我家乡的河
今后会流淌这棵树的倒影
会滋润这只鸟的叫声
如同此刻我站在湖边
并且大喊了一声，哦，我不像
沉默的树。像会叫的鸟

尼亚加拉大瀑布

养心殿远去，香火远去
脉动突然加快
脸面和年轻的阳光
一样湿润

游船，在两个国度之间犹豫
人在革面洗心，身披
没有标志的雨衣
马蹄形的瀑布，大半个圈套
总有千万匹白马不分昼夜
义无反顾殉道，总有一些人
压迫自己的鼻子
壁虎般紧贴内舱的窗

光阴短促，上岸的人群
恍若一炷雾尘
随时会消散……

速写因斯布鲁克

雪花柔弱、无声，在用加法
渐减黄金屋顶的成色
木偶们被门楣抬举着，穿的布衣
比游人艳丽。总很面熟的
圣诞老人，抖动白眉毛
站在施华洛世奇总部门口
塞来一把糖果，让我有感
缤纷的甜蜜

大街上，几位装扮的小天使
肩耸羽毛粘贴的翅膀
搧动节庆的气氛，明天是
圣诞节？瞬间我的心花
突破肋骨的栅栏，与雪花交欢漫舞
向着这座冬奥名城背靠的
阿尔卑斯山

赞 歌（外四首）

[法]于格斯·拉布吕斯 / 周文标 译

1

水在流淌，耳根不得清净
晚间的雨水充满欲望
黎明时分，盲道
任由众生来此打发

人类尚未以人类之名
行走世上的时候
以及我们作为凡人封闭了
我们自身存在的时候

睡魔在黑夜里窃窃私语
明天将有个骇人的智慧幽灵
会在炽热的阳光下游荡

那个叫不上名字的姑娘记得
自己是如何将葡萄酒和蜂蜜浇在
刻有地平线文字的坟墓上

体型更加高大的火烈鸟和黑牛
游走于泻湖之间

我们注定要为它们开辟一方
永远优先于人类的领地

2

意欲融入呼啸的大风之中

做一回各个时代的俘虏又有何妨
只管埋头沿着山脊小路走就是了

黎明的呐喊在呼唤沉默
太阳的光芒亮得我们睁不开双眼

在场与缺席
被供奉在天地人之间同一片

与世隔绝的林子里
以及生命之旅的
半道上

一滴又一滴，水从我们指间流逝
旋即唤醒了我们的可利用价值

多节的树干将露出
空间和风二字的首字母

然后一切皆大白于天下

深 渊

死亡
可以作为题记或者铭文

放在书的首页
奖牌的底部

或刻在灰烬上
以示对遗忘的纪念

每一个黑夜都会有缺席
每一个白昼都会有日食
绝无延误

石头之间，水发出
一条棘手的消息

黎明是黄昏
放逐的光芒

一颗恒星盘旋而下，活像一句
寻求静寂的临终遗言

几个世纪以来，诗歌
日渐式微

野草起舞
在风中

逃命时，你会喝
羊奶的

然后文字会
在你掌心展开

昔日的太阳挂在你项上
名字刻在
你的唇旁

然而你却半睁着眼
打开了前行的路

大地洪荒，令人生畏
未及向你致意
水就已在石缝间颤抖起来

一只鸟拍打翅膀飞走了
朝着惊呆了的天空

你可以睡去了

波光粼粼的河面上

蜥蜴从石头上一闪而过
墓碑即刻映出它亮眼的身影
吸一口空气，细声低语
仿佛灿烂的阳光在此做了一场祭献
然后莞尔一笑，让颠沛流离的
悲伤跟欢乐结伴走到了一起
流动的沉默中透着闪烁的光芒
就这样，这位来了又去的不速之客
把我们的心
当成了它快闪的踪迹

温情似水

啊，夜晚，我的夜晚
在我眼里，你那么迷人
白昼
无情的日光
将你烤成焦黑

啊，赤裸的夜晚
当闪着星光的连衣裙
轻轻从你身上滑落

只有黑暗才能给世界
带来光明
一个又一个落日时分
黄昏如期而至，从不爽约

在面对疯狂的太阳
留下的荒漠之前
我们共同的夜晚
封堵了畅聊友谊的通道

啊，夜晚
当天空是这个星球上
一支蜡烛的时候

别样的庆典

光天化日之下
最后一颗星星
赫然挂在了苍穹的树枝上

环绕未知的地球
云彩记起了
通向问题的拱门位置

冰冻的时间之河
闪闪发光
在阴影和阳光之间保持短暂的平衡

人们聚在一起
围着最后一滴水
祝愿他们的童年千秋永在

一滴露含蓄着天凉（组诗）

（湖北）刘卫桃

一滴水的重量

提起它的重，可以有很多举证

比如，它压着一株草的头颅
草就得弯下腰

比如，它们从屋檐次第跃下
石板就会被跺出坑

比如，它们从一群人口中飞出
砸死过牛一样的人

说到它的轻
随风划过尘世，遁迹茫茫
如我

野 菊

多像一首诗,突然就洞穿尘世
任风摇瘦腰身
荒凉中竖起温暖的旗帜

当舆论挤扁人间辽阔
踮足、侧身或伏地
但,真心与诚意须高高举起

白纸上的黑字
如它认真绿着的一片片叶
仁慈的词汇,暗香浮动
已成药引
专治心上暗疾

秋 词

有人已经写到第十一首
用枫红圈定风向
用芦花白衬托黄昏
用光秃的斜枝旁引小路的孤单
用一滴露含蓄着天凉

我的笔搁于父亲越来越少的脚印
只想以一张白纸盛装
那朵带着春天色彩的流云
或者,准确地用某片落叶接住
某声失足的雁鸣

迷 途

倔强地睁着眼
台灯尝试把遗落的鸟鸣揉入寂夜

白纸是一堵墙
撞痛不知名的风
它席卷的思绪仓皇四散

我用黑字涂了条胡同
黎明拐进去
风和鸟紧随其后

省略号

我,带着双刃剑出生的人
第一个伤的就是母亲
割断血肉相连

云彩来自另外的一个世界（组诗）

（江苏）汪　洋

我就开始哭
却并未停止伤害

母亲始终是拿了命疼爱
我这白眼的狼
越是疼爱，伤得越深

这一生的路程该如何述说
用血和泪凝聚，省略号的六个点
还是不够

今夜有雨

夜色一点点撕碎
从半空摔下

有时光被打成碎片
落在窗口，又轻轻跳起

一支笔试图握住这些

笔尖戳痛灯前的影
它晃一晃，漏出心事

如潮
将半生尘埃默默清洗

雪

只有雪收走所有色彩
而不留下尖叫

只有雪地里的斑鸠
关心每一天的粮食

我的纸页上只有一座寺庙
寺庙里只住着几个汉字

梅花开时，你就会来
梅花落了，你也不走

南迦瓦峰

大风吹走了漫天星辰
剩下一顶帐篷和一堆碎石

南迦瓦峰，足够阳光锻造一座金山

那里群峰起伏，天幕深邃
亲爱的，每一个早晨都是一次谦卑的赞美

神喜欢抚摸干净的事物
譬如雪山，譬如一个人内心的朝露

九回肠

美景如诗，好茶胜酒
再黯淡的日子，我也要从深山里
取回一枚枚闪光的茶树叶，让它发酵
并借助暗黑之手，绘上几瓣金花
我身上有水的韧性，对神
持有敬畏之心
如果你从山上回来，我们一起煮茶，弹琴
给陈年的往事涂满菌香
云在流淌，我们都对天上的事物
情有独钟，这样也好
不和红尘的车马，挤在一条道路

莫日格勒河

也许永远也抵达不了天涯
当我们目送蓝天骑上马背

云彩却像来自另外的一个世界
悄无声息的草原

我的脚下，是柔软的草
和零星开的花。小小的梦，以及浮生

在雨季到来之前，莫日格勒河从不喧响
它是上天遗落在草原上的哈达

牛羊低下头在河边饮水
有时，它们一口饮下夕阳的余晖

那是草原最安静的时候
神，小睡了片刻，天边就挂上钻石般的星辰

大于美好的事物
只有爱

九仙山

在蜿蜒的山路上
我们一边走，一边唱歌

初春，草萌芽，虫卵苏醒
溪水在乱石间跳跃

你一直都是对的
"花朵美丽，因为拥有一张诚实的脸。"

我们边走边唱
神，也不喜欢一个内心荒凉的人

致五月

向盛开的繁花
许个愿吧
向五月

那些把汗滴谱在流水线上人
配得上星辰的奖章

向广阔的田野许个愿吧
一片劳动者的大海
我曾在机器的鸣奏曲中
获得过弯曲的命运

风吹向辽阔的五月
我仍在寻找，高悬在劳动之上
另外的那个世界

向梦想的齿轮也许个愿吧
愿你勤劳的双手
缝补幸福的漏洞

或许，每天都在诞生一个节日
或许，沉默的掌声
就在低处响起

我仍然试着将这些忙碌的身影
翻译成大地上的繁花

瓦背上的月亮已经很高（外六首）

（浙江）王典宇

石榴种在院子里，主要是为了观赏
并不为了在秋天吃它的果实
尽管它的果实鲜美多汁
石榴花开似火，花枝出墙
隔几个院子就能望见
经过一条曲折的小巷，它美出了村庄
太平鸟觅食的方式有许多种
比如在裂开的石榴上啄食果肉
有人选择了石榴树下消暑纳凉
不是树下更凉，而是因为习惯
因为瓦背上的月亮已经很高

请在天黑前回家

小羊天生没有听觉与视觉
它对即将到来的黑夜一无所知
所以它才会跌跌撞撞走入黄昏
除了不能永恒，小桥上的藤蔓
还是有点岁月的味道
小桥横跨溪上，这不是藤蔓的目的
它从桥上与水底两个方向伸进水面
在夕阳面前，灯光证明影子并不存在

一篮菜挎在手上,即可以回家
事实证明,空着两手可以走得更快

清晨的第一缕曙光

多数的时候,清晨的第一缕曙光
由山顶负责送达
山谷有雾,很长时间
雾和曙光与树林掺杂在一起
根本分不清
这一天它可能被辜负
山谷里没有起雾,便是晴天
便会响起溪流的淙淙声
尽管有露珠滚来滚去
草叶还是显现了夏天的样子
它乐于被清晨的曙光唤醒

暮色本来是飞翔的

因为一棵高大榆树的存在
关上木门后的小院静悄悄起来
暮色本来是飞翔的
现在它收起翅膀
从广袤的田野随溪水流淌进小巷
谁不珍惜此时,就会虚度一段光阴
所以丝瓜藤与矮墙的谈话
终究可有可无,黄牛此时走过的道路
在树荫的庇护下迎来短暂的光明

小庙在松树林中

从村中通往后门大口冈的山岭
铺着不规则的石头
山岭说长也长,长到可以让你走上一次
石头上的沙粒也是够大的
不出意外,让你摔个趔趄
遇上旱天,路边的飞蓬草
来不及长高就枯萎掉
松树林提高了小庙的位置
让它位于村庄之上
小庙中常有人祈雨,一祈多日
直到雨落,重新有人
因湿滑在山岭上摔个脚朝天

月亮不会每天走下芦苇坡

溪流没有白白流进村庄
它流出村庄的时候
带走了许多小鱼与菜叶
更多的是青春年华与宝贵光阴
好像是谁错付了似的
石拱桥横架溪流之上
经不起时光的考验
幸免跌落于溪流的清浅之中
羊群沿着溪岸走下芦苇坡
这也是月亮夜里走的路
与羊群不一样的是
月亮不会每天走下芦苇坡

总有事物不甘于平凡

一只母鸡只是不甘于平凡
它振翅飞上房檐,不作停留再飞屋顶
它的耳畔仍有风雷的记忆
而记忆的作用又是那么巨大
比安静的溪水的力量还要大许多倍
很难相信它会带着一群鸡仔
在泥堆里刨食
父亲在地里翻土种红薯
他将翻到蚯蚓与蝼蛄抛给母鸡
父亲每挥一锄,都需要往前走一步

从故乡走来的雨
（外五首）

（安徽）阿 成

淅淅沥沥,像年轻时身穿蓑衣的父亲
扛着犁耙,在田埂蜿蜒
从故乡走来的雨,背负一山
岚雾和一口古井
经过春分、清明、谷雨
来到我的门前

一位久未谋面的故交。
溅起的山色、稻秧、嫩草
在脚下翻卷。又一个春天
紫云英的田畴,泥水飞扬
时令从牛背滑下,雨脚
噼噼啪啪,落在青檐瓦巷

从故乡走来的雨
泥星的靴子摆在槛外
坑坑洼洼,水花四溅
稔熟的方言说个没完
一字一顿,一句一行
在铁皮钢瓦的雨棚上
走了一夜

逶 迤

要用到这些词了。
群山沉默,在四月的天空下
奔涌,怀抱草木的萌发、枯荣
也怀抱草木掩映中
骨殖亡灵的沉睡

流动春天的汁液。青绿
遗忘了人世的陷阱
绿草、嫩芽爬上山冈
枝杪白花、红花、紫花簇拥
向上攀升,写下蓬勃
葳蕤的字句

要用到逶迤与突兀了。
春风千里,会因你的忽略
凋零。而山谷幽秘
你的眼睛,无法打开
那只盲盒

雨 水

一转身,山樱就把一片淡白
堆积在冈上。河水陡涨,
枯寂的背景涌现潮湿的生动

婆婆纳的蓝星在泥地扑闪。天上的云
有时也会像小孩的脸。但鸟们
早已感知了,它们聚集在树枝上、
草丛中,用高亢和细碎的鸣叫
悬挂一丛芦苇的摇荡

河水浩荡、汹涌。撑船人
早已把网撒下。洲上隐隐青绿
尚不明朗。枫杨的枝杪已有异动:
芽苞露出尖尖的齿。春风已借
轻扬的垂柳,拂过池塘
拂过人面,拂过
沟沟坎坎……

过街的羊群

矮山上。羊,带着喂养一冬的
膘肥,水银泻地般滑下。
白的,黑的,杂色的影子
水流般在街道涌动

身披军大衣的牧羊人,掖一支
拴红绳的羊鞭,赶着羊群,大摇大摆穿过
山边的灌木、草地、围栏,在小城的大街
磕磕绊绊,引得车流、人流
驻足观望

红灯笼点亮屋檐。牧羊人将羊
赶至屠宰场。缀红的牧羊鞭
挑起落日的金黄。身穿皮袄的屠夫
刀法娴熟、流畅,羊的血腥,被一枚利刃
缝补的天衣无缝……

樟村小记

我离秋天已远——

今日雨疏,白岚飘过石桥。
那些柱状的,圆弧的,尖锐的云
浮在村庄上空。古树边,廊亭伫立
栈道通向村落、楼屋。田畈里
绿幽幽的水稻正在灌浆……

必须走过石桥才能听到
水流奔涌的声音
必须靠近稻田才能听到
谷粒呼吸的声音——

"咕咕,噜噜,呼呼……"

我离秋天已远。摇荡的稗子
被摁住,膨胀的谷粒
略胜一筹

山 中

一条新修的隧道穿腹而过
封禁又解禁的草木、山岩、崖谷
像久别的亲人——

山径上,枯树仍做着春天的梦:
腐烂的肉身
长出了鲜艳的菇菌

林中倒落着衰败的老树
映入眼帘的,更多的是
新生的灌丛与枝桠

山道七弯八拐:冬青、石楠、香樟、侧柏
一如既往地绿,芭茅、棘丛
露出雨后的湿黄

头顶的树冠更高了
绿冠之上的云朵
须仔细辨识

我在山中看云
像旧年的我
在云中看我

山梅的香艳更改了固有的印记:
左边鲜亮眼眸,右边
飘来异香

忽然闯入的三个少年
用呼叫和飞奔的身影
搅乱了寒冷的山色……

泥土的具象

（外四首）

（广东）陈 希

一些绿点缀在泥土上方。在春季
我喜欢窥探泥土下方，蕴藏的
细小的生命
当你栽种下一棵紫薇，梳理好它的枝叶
你知道它
并不能带给自己任何确定性
总有人喜欢去解读
用一些蹩脚的赞美，像黏糊糊的空气
无论如何，我还是愿意看见
泥土开花，枝叶繁郁
一树的紫薇，笑起来楚楚动人

我还是愿意留下一些泥泞、尘灰和黯然
以及毫不起眼的生动，给自己

我在，我来过

我隆重地把椅子张开，立好
再用力压下去，试试是否稳固
像父母曾握住自己的肩膀
试试我的力量

其实在屋内呆坐与在野外呆坐
本质并没有什么区别
个体存在于现实世界中
隆重地出现，后又悄然离去

只是屋内温暖安逸，暖炉冒着蒸汽
只是野外夜长，寒露与白霜莽莽

我选择的总是最难的那种
按自己的旨意，让寒风肆意穿透
只要还有时间

我都会弄出声响，在野外
刨出一个身形

拯救者

黑夜过后，整个河面铺满白雪
柳树、楼房、桥面，一夜重生
阳光未见，青云残垣萧瑟
他孤身来到，唤醒还在沉睡的马路
鞋与雪拉扯着
像天未亮时，一位病人的呻吟

他熟练地缝合、打结、包扎
拯救完最后一位受累者，像神父
大步走向这胜利的人间

蚕茧

他们说,把活的蚕茧放入沸水中
煮熟、洗涤、打散,找出一条细丝缠绕
就能做出一把宫廷扇

一张照片是污秽的尸体
一张照片是洁净的扇叶

地面喷洒一尺血水,它正孕育子女
我一言不发
本是悲凉的宿命,不忍再拎来观赏

韧

清风拂过
落叶再次尝试
飞舞

为一次短暂的欣喜
她练习多次
直至
碎裂

岁月肖像(组诗)

(辽宁)刘恩波

背后的力量

每一块乌云背后,都有一位
慈爱的母亲,牵挂着雨的光临。

夜灯引路,每一个萤火虫背后
都有燃烧的故事。

根须回到土里,每一条蚯蚓背后
都有对大地的无限眷恋的柔情和痛。

你使唤不出力量了,是因为
你身后没有,顶着你腾空的气浪。

打开门和窗,阳光瀑布般倾泻而来
每一束光的背后都有另一束光。

鸡不啄米,想起苏东坡

草地里的鸡,独自卧着。
不唱歌,也不觅食。
天空蓝得像一面湖。

风中站立的人,隔开历史,
就是马放南山的苏东坡。
在回归途中。等着了却生死。

鸡不啄米,男儿宽下心,
服侍清风明月。万事悲苦,
远处作坊里的小酒,可以稍解宽慰。

一捆葱,秋天的院落晒暖了身子。
平整的地皮,一把锄头,来回
牵拉着土,松松软软。耕出肥田。

回　归

教堂关门了。没有人进去祈祷。
我留在门外,从门缝细细观瞧
这一百多年前建的殿堂。
拱顶,尖塔,彩绘玻璃,
耶稣像,十字架……好多念头

仿佛可以直达云间。

如果有一架梯子通往天界,
我想不透超世间的教义里的奥妙,
就还会从这梯子走下来,
回归肉眼凡胎和两只泥脚。

忽闪一下

洗碗水里的月光,透过米粒留一点白。
井台边的菜,在风丝里摆出半片黄。
老外婆扇着蒲扇低头纳凉。 墙根底下
牛在吃草,灌木丛中的蛐蛐深一脚浅一脚
唱着小曲,高一声低一声地悠扬。

旧收音机播送着评书《隋唐演义》,
李元霸遇到罗士信,像一只鹰
碰见另一只鹰,乍着翅,虎着神,
交手之际, 电闪雷鸣。可是到了高潮段落

一句"且听下回分解",折煞多少闲人。

也许谁都留不住,那晚上享有的快乐,
我和老外婆,星光下的茅草屋,还有
燃着烛光的夜。此一生每一桩美好,
都像快要点到头儿的蜡,来不及守候
就没了。真是的,忽闪一下。

驼色,这一场秋天的颜色
(外三首)

(陕西)李晓峰

成为种籽的向日葵

晚秋,向日葵打籽了。
你咬下一颗,辨识着生命内部的滋味。
饭碗已洗净,人心远未干净,
世事尘埃里落满了灰。

查找一本本字典,很容易
翻到"良心"两字,可是怎么都觉得
被涂上油彩或是埋在地下,像煤。
落叶无声无息,大地依旧沉默。

你不想睡死,早早醒来,
翻开《狂人日记》,那一年
鲁迅醒得更早,他把自己的梦
都撕碎了。让历史成为新闻。

就像这眼前的向日葵的种籽,
来年还会在花盆里生根发芽绽放。
一颗一颗,丰盈我们的嘴唇,
口腹和味蕾。

且呓语一番,只为读懂这座山

拳头大的孩子偎依在手掌上
笑呵呵笑呵呵的
而走失脸庞的女人们
一致高举寻人启事
她们胳膊的颜色
就是这山的颜色

深得隐身术的壮丁猛男影踪全无
不再于山中打闹不再出没于世事烟云
不等一轮夕阳下降到山顶
就似乎全躲进岩羊飞速的眼神

以上这些神经质的画面随着接近贺兰山
再一次车辘轳般奔跑在我的脑海里

这驼色的山啊,通山的大路上
拥挤的引擎已声色俱厉
接近于某种垂直
而袒露心迹的山永远如此,擅长催人奋进

永远以裸体向世，身显志明
整个山都通透着驼光的颜色
不忍藏匿曾经不需要被驼铃唤醒并且拴紧的
　气息
和遥远的从昆仑山背负至此的
承载亿万年沉重的飞沙走石

浪迹戈壁幡然醒悟的巨无霸
留念古道耽入沉思的超级裸照
放眼神州体格最高大的沙漠之舟
雄起大野的绵延壮美的驼绒美色

哦，好颜色，正宗的双峰驼依然不事吃喝
闪耀起伏在越来越快的七日之途
锁阳还是阿拉善迎送北风的颜色
草原肯定是骏马的颜色
庄稼的最后，耕牛的颜色
待割的麦田，素食者的颜色
蒸腾闪亮翻滚升天的是汗珠的颜色

饱食终日闭目闭嘴认真打坐的
还是圆鼓鼓的胖肚皮颜色

最后，敲击打印排列成册
全都像是事先安排好的那样
包括手写并粘贴在岩画上的贺兰山
一种最初的完备的本色
肃宁，深切，本真
不讨厌前来的任何考究
但拒绝所有的不苟言笑
心甘情愿站立岁月
听天由命埋头峭山

过冬的高原

高原越来越矮
高原越来越白
有时一觉醒来
矮了一些的高原

就又变白了一些
一寸又一寸的白皮肤
一寸白过一寸的皮肤
一寸一寸完全白起来
白白净净的高原
渐渐寸草不生
高原上的风
也越来越硬
牛马垂下了头
冬天到了
羊皮袄裹住耳朵
风声越来越紧

落　伍

落日很圆没看到长河
大漠很直看不到孤烟

听说那条河
已拐了好几个弯了
听说那些烟
已不是好玩意儿了

听说石头在前方盛开了
五彩斑斓
遍地都是——虽然
自原始火山爆发而来
但每一块
都渴望会被拣走
马上被拣走

走上遥远的人间

穿越大词

越野车奔波在路上
相熟又显陌生的大词
一小段就出来一个
一会儿就有一个
它们默不作声
站在前方，看着我们

它们许久以前
因西北风过于强大而
霸气侧漏的外延
今天也清清楚楚
甚至更加明白无误
呼吸着幽远和宏阔

它们总是一览无余
它们义无反顾力挺着
这一路阳刚
越野车，我们胯下一个
路过的名词
此刻也身披大词气质
豪华前行

留下被穿越的黄沙，讷言的朋友
拣起吹落的说明书
从字缝从词义后方
抚摸荒凉

栀子花（外三首）

（江苏）许 静

一整夜过去
白色花瓣上的笑容消失了
但昨日的香，仍能击中
经过的每一个人

雨季来临前
它无声告别，轻落于水面
仿佛从来没有害怕过
一瞬间，用完这一生

青石榴

苍茫的绿暗下来
沉入满腹心事的夜色里

晚风来回奔波
却传递不出一个准确的消息
人们匆匆而过
没有人关心一场错过

不可言说的一刻
化为一段隐秘的往事
孕育成一树青石榴

初 绿

最初的绿醒了
仿佛一群初生的孩子
仰脸朝着太阳，觉得这世界
一切都是新鲜的

鹅卵石

不甘心沉溺
在河底的最底层，不发一语
与还没有被污染的泥土
沉默相拥

水面上正在过节
白日越过盛夏的天空
在渐渐远去

它在等一双手，将它捞起
抛向岸上

雪落南极（外四首）

（云南）刘志文

雪说来就来
一件件的给南极加衣
一层又一层

它们填平了沟壑
填平了过往

变幻的颜色，带着魔性的西瓜红雪
让人的想象，无穷无尽

风暴来临的夜晚

船上广播响起
大家都知道今晚将是个不眠之夜
整理完白天的照片
恐惧面前　我装作若无其事的样子
在大家的焦虑中睡去

等我被海浪摇醒
发现自己早已滚落床下
我庆幸自己躲过了风暴肆虐的高潮
所有的生活用品装备
连同对南极的美好期待和畅想
都被海浪数落一地

天晴，我刷到了德雷克海峡的视频
无数船只被风浪掀翻
后背，突然来了一阵寒风
仿佛自己刚从，枪林弹雨中走出来

南极之光

每一道光芒　都是梦境的碎片
每一轮星星　都是情感的起伏

你的光芒　带着一丝哀愁
一丝期盼，在冰面上闪烁

让我的灵魂，在最荒凉的地方
有了安放

南极的清晨

冰山与邮轮错开的那一刻
来自德雷克海峡的寒风
让我瞬间解读了南极的秘密

船边一对企鹅在水里沉浮
海豹从水中探出脑袋盯着巨轮
海狮浮出水面盯一眼阳台上的我

远处，一对鲸鱼露出一对黑脊背
尾鳍拍打海面，仿佛在向我们致意问好
然后缓缓没入水中

挑灯夜读（组诗）

（四川）董洪良

仿佛一对情侣在海里漫步
动作整齐 步伐一致
向远处游去

我和南极有个约定

我不知道你的生日
就把我到达的这一天当作你的生日吧

我和你约定
数十年后日落西山的那一刻
我会腾云驾雾一直往南
为你过一次与众不同的生日

之后，一头南极的大蓝鲸驮着我
将巡视南极，每一寸大陆每一片海

听一听虎头鲸呼唤的声音
看看有多少只企鹅，会朝我观望

读白居易《大林寺桃花》

庐山大林峰
此刻正天空浩阔
传递着寂静与神秘
寺庙后的山顶
桃花可能遇见老僧
也可能遇见于此览胜的白居易
一截小路失去了
茅屋和几树落花的陪衬
去强闯红漆的寺门
于是，深山古寺的圣洁
陷入在风不停翻动的经卷里
甚至去弹拨一朵桃花
和不可多得的回眸

读道潜《江上秋夜》

时间的影像，不断向前推移
四帧画面
刚好是四行诗
共同构筑了静谧，和清冷寒寂

苍江之上，天低云暗
一阵绵绵阴雨下得精当无比
天空泼出的浓墨，一点
又一点地加重雨意，击穿秋水

慢慢地，风加入了江上这场剧目
剧情的节奏慢慢就变了：
井边的梧桐，被风翻动树叶
而秋声，却愈来愈浓

夜半时分，风声渐紧
居住在楼上的人忍不住屏息、辨声
听大风在楼外呼呼作响
直到它喘息，和突然一下喊停

一个被先后勒令还俗和受诏削发的人哟
道潜，此刻你不能真正谈风月
只能言说浮云与明暗——
但内心的希冀与祈盼，比孤独更漫长

读王维《竹里馆》

竹林里，该有人世的陡峭
与起伏以外的突然转折
像清风，帮着一个读书人短句

没有缘由朗诵
也没有缘由找人唱和和雅集
唯有竖琴，对空鸣叫几声

四处空无一人
只有王摩诘自己知道这是野外草庐
还是他心中寂静的庙宇——

悠游，其实也是一种生活态度
亦官亦隐也很快乐：
沉重一半。轻盈，也一半

那么，就让明月来陪伴自己吧
煮一壶茶，对影自怜
静候一纸诏命，或者时光的赦免

读高适《塞上听吹笛》

一首笛曲《梅花落》
在羌族的管乐里奏出烽火
堵住那些胡兵
令其不知缘由地悄然返还
冰雪融尽了吗？在边塞
在凉州的山脊上
遥望群山轮廓和忆起旧时铁血
月光在此刻
却弯着腰，蹒跚着爬上城楼
一下横贯西东
望着梅花飘向何处
一夜疾风，竟然渗满整个关山
此后，却又令高适平平仄仄的诗句
也陷落在离情的"何处"——
客游河西的人啊

起落之处，还有牧马在望你
还有想象中的群体陶醉和灯火阑珊
而头颅朝向的
永远是虚实相生的雪、月与故乡

读王维《山中送别》

不写离亭，也不写常见的晚舟横渡
一个"罢"字，似乎要把
淡淡的句子和夕阳下半掩的柴门
也悄悄藏起来——
它跳脱了友人惜别话别的窠臼
将镜头精准地对准暮色
对准暮色中特写的一个动作
比如用手轻轻掩门
用手将虚化的内心，也一并关上
怕一个没有说出口的"愁"字
一下跳出心脏和彼此眼眶
打湿了自己和友人而各自泪两行
但是，明年春野草青、草绿的时候
年年草青草绿的时候
离人啊，不知你真的能否归返？
此刻，三两个似无名字之人
和一座永远看不见的山
怆然而孤独寂寥地坐在人们心中
既不起身，也不走

在时空的纸面上
（组诗）

（河北）董 贺

岁月的姿势

像一座山，上面的雨水
把盘踞多年的石子冲下来

像一块石头，无休止的滚动
让它最后，变作沙

像一粒沙子，进入集体的怀抱
灵魂，反而有温柔之美

像将来的某一天，谈起儿孙、爱情
和别人或许不屑一顾的诗
我们，还微笑着

听 蝉

窗外，它锯齿形的声线
带着热与焦躁，正从烈日下的
树缝里，一点点挤出来
它们短暂的生命，不见春
也不见秋，只用愤怒的胸腔
来诉说心中的不甘

其实这种情愫，我从白发人的眼中
就看过了，只不过时间的河
洗过的，要平静得多
耳畔，末日到来般的吟唱
像过于直白的词语

是的，来过并送出启示
它一遍遍，敲打着
玻璃窗

大风吹过

那一处水边风景
现在平静得像一个人的心事
已好多年，小心地守着
记忆的瓶子，生怕潮湿的乡愁
会再次汹涌地奔过来
可谁料到呢，就在前不久
一枚枚金黄的叶子，优雅地进入
这样的情境，大片的乌拉草
和枯萎的小雏菊，也从中体验
快乐，与美的一瞬
大风吹过，纷纷扬扬的词语
让他想到那年在树下
读《安娜·卡列尼娜》的少年

风 景

失去象征的世界，事物裸露着真实
而我，愿意以另一种真实

去贴近文字的脉搏。意象的丛林
此起彼伏的呼吸，和呼喊声
连成一片。粘稠的情愫
附着在词语粗糙的舌面上
移情或想象，诗人靠反刍活着
小我经验，则是其独特和动人的源泉
此时，安静是一门手艺

年轻的匠人，在千百次的锤炼中
打造出自己的真身

幽暗的门牌

他小声说着。熟悉的事物
像虚无中，托起的盘子
却是明晰的在场：烟袋锅子
酸菜、粘豆包、旧斧头、绳子
粘稠的音调，附着于发黑的灶台
结网的花篓，以及堆叠于墙角
装满杂物的绞丝袋子
他小声说着。幼时的贫穷
壮年时有十年，在挖堤坝
可后来孑然一身。风霜的侵略
让人沮丧、落寞。大部分的语词
于一个人的生命，像擦伤的符号

它们，萤火虫一般穿过
一道道，幽暗的门牌
它们，保持着静默，在时空
这张宽阔的纸面上

散文诗档案

龙小龙，四川南充人，居乐山。中国作家协会会员，四川省乐山市作协副主席，鲁迅文学院新时代诗歌高研班学员。作品见《诗刊》《星星》《诗选刊》《四川文学》《北方文学》《上海诗人》等。著有诗集《诗意的行走》《自然的倾诉》《新工业叙事》。

盐码头钩沉（组章）

龙小龙

盐

温良而又刚烈的盐。

遇到火，就会发出挣脱寒凉的吼叫。就会拼尽全身力气，爆裂出一朵灯花。

遇到水，就会把自己撕裂成涓涓细流。就会不假思索地跃入时间的长河，不管能不能溅起生活的浪花。

千百年来，在地下反复奔突，与硬质的岩石摩擦冲撞，握手言和，骨子里便自然形成了一种百折不回的韧劲。

博观而约取，厚积而薄发，是它生命的底层逻辑。

个人最大的胜利是战胜自己的固执，在厚重无边的围困中找到一条裂缝，迅疾冲出，就像喷薄而出的光芒，以崭新的容颜面对尘世。

所有的荣耀与辉煌，必经千疮百孔的陶冶和磨砺，最终锻造成纯正无瑕的精华。

对它的热爱，是痛彻心扉，深入骨髓的情感。

毋庸置疑，在每一个人的泪水和汗水中，可以查证。

它用智慧而理性的晶亮告诉我们，剔除杂质后的心态，是在任何起伏跌宕中做到淡定从容，保持豁然大度的苦乐思辨。

老 街

这是一张饱经沧桑的脸，依然挂着汗水风干后的盐粒。

阳光从高空照耀下，巷子里的风被分割成七零八落的光斑，像不成篇章的陈年旧事，只留些许片段，让原著居民记忆犹新。

路上的苔藓为脚步而生，没有人踩踏，它们就大肆渲染空寂。

老屋的骨架有的已经散落，成为一种时光破败的疼痛。而那些依然挺立的柱梁，继续奋力显示着执着和坚韧。

曾经，阁楼上的灯笼在水面闪烁，为归来的小船照亮，朴素的爱情让夜色变得温馨而饱满。

故梦依稀，摇曳的乡愁。

最让人感动的是，门、窗、物件老旧得无以描述，仿佛再现的虚设场景，一碰就化。唯有那些泥巴烧制的瓦片不忍褪去本色，它们用尽生平的力气支撑着理想中的青葱岁月。

我知道，静待时日，它们都将焕然一新。

在这一天来临之前，请让我们用深情的目光，用现代汉语的修饰语，将它们翻新一遍罢。

我要在青石板上静坐片刻，什么也不说，什么也不想，让自己成为老街的一分子，让这简单的、单纯的陪伴，将墙壁上被无情岁月撕开的一些裂缝静静愈合。

水 边

时过多年。风景褪化成了潦草的水粉画。

码头的水已干涸了。或者已经随着一场暴风雨去了远方。

现在流淌的水，是新生代的河流，不再有往日的单纯和明净。

以前的水，可以淘洗菜叶，浣纱，濯足，可以梳洗长发，沐浴身子，洁净容颜，可以带走一叶诗笺，承载的相思，让远行的人仰望明月而泪流满面。

岸上的木屋，也未曾翻新。

我相信这里发生过很多故事，富有生活

的滋味和颜色。许多故事已束之高阁，破洞的蜘蛛网，就像关于一种等待留下的结局。

而现在的水，倒映着林立的高楼，钢筋水泥的建筑，显得五大三粗，奔跑的汽车和鱼群混为一谈，五光十色的商品和各种方言糅杂成喧闹的集市。

只有当夜幕降临，人们渐次散去，这片水才慢慢还原记忆。

世界是一枚铜币，白天是绚丽多彩的正面，而背面，就是秀气而婉柔的夜色。

竭力用桨声灯影给我带来沉浸式的体验。

作为异乡客，能在依稀的星火里，感知故乡童年的简朴，回想饥饿和苦涩中透着甜蜜的各种奢望，慰藉洗去疲乏的自己，何尝不是一种幸运。

院　落

像蔷薇，也像月季。

尽管藤蔓丰茂，但从纵横交错的经络上可见其枯老，教人不禁感叹于从此流逝的韶华。

这座家园，已被腾成一个巨大的空。

每一处涂鸦，都是过去的文身，每一道断裂的墙壁，都是结痂的伤口。

我不忍揭开一片瓦片，生怕揭开曾经的繁华与喧闹，与此刻的宁静形成强烈的反差。

静寂中，任凭冥思苦想，很多事物的前因后果无法破译。

只是微风吹拂，藤蔓枝叶一阵战栗，墙头上落下灰尘，仿佛晨钟暮鼓，卡入人的视线，令人瞬间破防。

勤奋的乡亲们，把本土的盐卤、茶叶、陶器和蚕桑运走，顺带捎回徽派的建筑风格和人文情调，为这里的山水增添了江南韵致。

这依山傍水的院落，繁衍了多少眺望和期盼，抚慰了多少餐风露宿的夜归人。

不知哪年哪月，突然人去楼空，只剩草木疯长，残垣断壁黯然老化。

一代一代的盐在融化。

一代一代的盐在蒸发。

一代一代的盐在沉淀。

等待的人，观望的人，猎奇的人，循着院子的布局来来去去、上上下下，走成了规则或者不规则的台阶。

这个下午，我拾级而上，一步一步进入古铜色的时光，让自己成为故事中的某个角色。

灯　花

有些花朵习惯在夜里开放。

我知道为什么。

在白天，它怕在汗渍的衣服，蓬乱的头发，皲裂的皮肤间看到自己的影子。它怕看到一种钻心刺骨的疼，久治不愈的创伤。

我深深热爱这种不喜欢怕抛头露面的灯盏，它跟我有很多共性。

事实上，我们都是被母亲哺育的孩子，都用小小的身躯努力装扮着这个浩繁的世界，回报着母亲赐予我们的温暖。

我们也曾感恩于阳光的无私普照，在人们的目光中往来奔忙，成为一道别样的景致。

晚上，便思绪万千地整理自己，检点走过的每一道足迹。在春夏中尽情生长，哪怕变得蠢笨或肥硕，在秋冬时节，心甘情愿地抽干体内的水分。

然后，燃烧自己，为培植后世的精神家园贡献出一把灰烬，

今夜，盐码头没有汽笛吹奏，也没有马灯绽放。

也许，只有一种叫做盐的物质，在默默无闻地升华。升华成一抹皎洁月光。

把黑夜的一角擦亮。

于是我又看见了一张张带着微笑，却又无限沧桑的脸。就是那些熟悉的陌生人，给了我梦幻一般而不平凡的人生。

远处，琴声呜咽。如江河流淌在大地。

浮　桥

一条清凌凌的河流，一座横跨东西的浮桥。

多少年来，它令无数文人墨客、游子行客流连忘返。

实际上，平静的湖水是流淌的，只是你不容易发现他们在湖面下的奔涌。它们默默地托举着一条条木船，让行走的人们如履平地。这跟我平凡的父老乡亲那么相似，他们不善言辞，却胸怀大义，在任何需要奉献的时候都是那么义无反顾。

那些小船也值得敬畏。它们相互紧扣，结成联盟，深受百姓拥戴，千百年来，让多少风霜雪雨平稳走过，让两岸相对的目光瞬间相拥。

我常看到，桥上行走着几个曼妙女子，手持一柄雨伞，在这微风流淌也有斜雨浸润的五通桥，宛如水墨江南。或许她们是在摆拍，但是又自然而然，向远方传递人生的惬意，有何不可呢。

在一幅幅山水画卷中，在一张张照片里，浮桥像一条黄金分割线，用几何图案的勾勒，以视觉艺术中的美学构建温馨古朴的风景。

这纯净的风光已经成为生活的一部分。

嗯，我明白了，为什么古往今来，小西湖上的浮桥成为最美打卡点。书画家、诗人、艺术家、哲学家……

"一条条小船链接而成浮桥，仿佛释放着一种空阔的寂寞情怀，从此岸到达彼岸。或许梦想很近，脚步却十分遥远……"

孔晓岩，中国作家协会会员，鲁迅文学院第43届高研班学员，有小说、诗歌、散文、评论刊于《上海文学》《天津文学》《福建文学》《广西文学》《散文选刊》《诗刊》《星星》《诗歌月刊》等杂志。出版诗集《重击的轻音乐》。

一个人的草原
（组章）

孔晓岩

白石山之梦

一生中，要来一次白石山，这地处甘南州的神秘之地，住着一位沧桑的老人，终年顶着一头白发，等着南来北往的人群中，是否有他不断寻找和确认的人。陌生又熟悉的背影走在山上，却无法叫出一个完整的名字。

还是不断冒出来新绿、浅绿、浓绿，如交错延伸的河流在轮回中萦绕。每一棵草都是有记忆的，每一片脉络都写满了故事。老人把它们抱在怀里，像守护着自己的孩子。

常常有爱慕者漫步山间，溪水悄悄流淌，水里随波晃动的影子，像久别的故人。每一天都是新奇的，连同它们自己。

流水淹没一截岁月，在夕光的照射下，露出古铜色的内心来。

一个人的草原

牧人牵着马，走过时间的草尖儿，蹄声踏踏漾起碧蓝的涛声，车子穿过斑斓的经幡隧道，车窗外，远山和草，冒着新鲜的气味。

云朵快要够着我的手了，这多变的精灵从来不属于哪一个人，却在你经过的时候，把你变成它们中的一个，奔跑着，飘忽着，一直往远方游走。雾气蒙住了我的眼睛，从这瞬息变幻的无常里飞出小鸟，它有一双脆弱的翅膀，也足以飞过原野，飞过群山，飞过月亮的碎片。

序曲刚刚拉响，深蓝的天幕星星微笑，倏地一声长调戛然而止，草原上起了风，深邃的眼睛并不能给我答案。冷峻和温和，纯粹和厚重，一种复杂的情绪在眼睛里延伸，直到我再也看不见了，牧羊人也就走远了。他走过去的地方牛羊成群，手中的长鞭扬起了整个青春。

日暮归处，空旷之地发出沉重的回响。一匹老马行动迟缓，脑袋不时垂下，眼里噙着一汪孤独的雨水。

美仁大草原在等待许多孤独的水滴将它的身体盛满。那时候，它便如自己所愿，湿淋淋的羽翼在黎明之前，覆盖住比孤独更深邃的忧伤。

黑瀑布

黑瀑布流泻在这大山深处，洗亮了草木，褪去了尘埃，一切明朗而温暖。我愿意称它们为黑瀑布，愿意相信"黑"能喊来晨曦。有一只停下来看我，它的眼睛透着和善的光芒，长睫毛忽闪忽闪着，童稚的天真还是让人迷恋。我在找寻遗失的花园，那里隐藏着一个秘密，关于梦，关于爱。

天边传来幽幽的歌吟，它们走得很慢，黑瀑布在乌云到来之前，驮着太阳回去。

与"黑"对立的，始终是"白"，像一对孪生兄弟握手言和，包容和谦逊始于最初的心念。不愿做睡着的羔羊，就要在沉默中积蓄力量，看看那漫山遍野的白，突然出现的白，是复活的颜色，在光明抵达的地带，闯入我眼帘的白，是一粒粒光洁的盐。

这些羊不同于平原上的。棕黄与雪白披在身上，像把黄昏和白天揣在怀中，跑起来像要把一头猛虎的脚印踩碎。娇柔而烈性共存的时候，你发现这是一种极致的冒险。我一点点靠近它们，又一点点疏离它们。

夜色就这么逼近了我。

我喝水的时候，听见牛羊的鼾声。草木的气息绵长。

大地才算安顿好这一天的事。

冶力关的夜

除了水声，我还听到了什么？是微风与虫鸣，还是白日残留的喧嚣？

我漫步在桥边，感受着脚下阵阵凉意。夜空一抖落心事，星星就落满了湖面，上演着精灵的舞蹈。一曲未停，一曲又起，在一片迷蒙之中，月亮正在书写未完成的万物之诗。

路人已归家，只有零星灯火闪烁在长长的小道。远处传来树叶沙沙，虫鸣打破静谧，像在倾诉什么秘密，忽然，这些秘密变成一张无法逾越的网，把我困住。

走进一家小茶馆，茶水的热气和夜的凉薄都使我难过。一缕茶烟轻轻跳到窗子外的世界，诡秘的夜像极了一个打不开的密码箱，因为，无论我怎么输入，密码总是错的。

想想这一生，或许我从来没有机会掌握真正的密码，我看不懂千变万化的夜的斑斓下，隐匿着怎样的不安。而有一件事情与我心照不宣：你曾拥有的快乐，终以反噬的方式将你包裹。

甘南的雨水

这里的雨水，有一种佛性，每一滴都是虔诚的叩拜。

雨声哗然，不急不缓，恰似佛家"无我"之境。世人皆道雨水洗涤尘世，润物无声，缥缈之间，仿佛有了灵魂。

我站在老房子的檐下，看雕花木门被雨水打湿，雨落下的声响，如寺院里的诵经声，悠长而深远。

不远处，红衣喇嘛盘坐，他紧闭双眼，双手合十，仿若置身于世外，这尘世皆在他的掌心，生出一条蜿蜒的曲线。或许有他前世的羁绊，但是，在此时，雨声里，一声声自那天籁而来的，其实是自己的内心。

雨声落在无常与平等之上，它以最平凡的方式，给予世间最深沉的爱。

渐行渐远，一抹红消失在雨雾中，墙头的枯草中却有一株红花在雨中绽放。

草原的歌谣

一阵风从草原上走过，送来小曲儿，送来期待。牧羊人走过，风吹开他的皮肤，一片羽毛划过天空的疼痛。草原张开眼睛，他习惯醒来就看见各种颜色。青葱手指，小蛇般游走，掀开朵朵白云。

天边泛开鱼肚白。又一个日子随着时间而来。

女人收好洗净的衣服，看看太阳。该做早饭了。

太阳是她的腕表，一生都摘不下来。

从大山里漏下，从水里捞出的三餐四季，草原的思想者，守着草原。

苏忠，中国作家协会会员、北京市海淀区作协副主席，出版散文诗集、随笔集、诗集、长篇小说等10部，作品发表在《诗刊》《花城》《十月》《民族文学》《人民文学》《作家》《中国作家》《北京文学》《山花》，以及《光明日报》《人民日报》等，作品曾被《新华文摘》《作家文摘》《诗选刊》等转载。

山 居（组章）

苏 忠

山 门

冬日，流水冰封了旧叙事的老调重弹，一个人的漫游是冥思的破茧。

坡那头，遥望中的村落与寂静混淆，视觉倒挂于枯草，乱石的亦步亦趋，让寒鸦收走章节里空缺的山门。

一个与自己同行的人，是个无所谓地心引力的人。

倘若收起手机，影子算拐杖，深呼吸是技术活，看见的听到的都反转于白日梦，马蹄声在青烟里像一面旗帜。

凡常生活，某些色调，在抛物线的两头都失重。

正午的脸，沟壑皆有光，清冽的风不停吹过灵肉侧身的那道缝。

谷雨才过

春至，湖水像离家出走的梦，波澜蓝得扎眼却无醉态，湖边杜鹃多得难计其数。

放大的地图上，水库是颗美人痣，青山册页般摊开，时不时有盘山公路另起一行。

总有些涂改过的影子，踩着密麻麻的枝丫，凌空而去。

故而谷雨过后，天上的云层叠加码，那是天空的支架，随处的高低鸟鸣，皆为禁果。

有些躲在阳光背面的人，能看到风在一阵一阵倒着走。

谁撞上了就碰瓷谁。

割 礼

割草机轰鸣过后，院子里充满了草的气味，太阳晃来晃去，似乎想遮掩什么。

野猫窜过，避过栅栏急速，一不留神，撞上了柳树枯枝。

蒸腾院子，门神侧身而过，
重置的安静的空气，有点腥，有点鲜。
玻璃窗外的正午，是青春的体温
它们的无声呼喊，挫折后的窒息，阳光下，过来人都深深吸了口气。

山 居

夜色降落了，在深山，没必要养成随手闭门关窗的习惯，像等待一些小兽来串门。

打扫卫生，丢掉垃圾，关好水龙头，清理墙角的蜘蛛网，无所事事也无所谓，点燃的蚊香片像一个人的发呆。

白天的让它过去，反正篱笆也挡不了，上心头的本来也没多少，何况发生过的事不至于再发生。

再往前的，算了吧。

做点运动，翻翻书，喝点小酒，小菜三两碟就够了，还是别泡茶，黄昏不适合太清醒，沉沉梦里有一张旧报纸的脸。

不过我还是乐于涂鸦白纸黑字，长也好短也罢，实在不行，总归是某个人在有风处的自言自语，或者行程里吹落了什么得回头找找。

末班车开走了，人散曲终。

从今而后，努力活成一个慈祥的老人。

那些与内心的对话，能让庭院月色高悬，有的文字，将顺着从前笔画重新擦亮。

断舍离

我们陆续走了，留下两把语言的空椅子，坐在阴影中，坐着。

说过来人的一辈子，是个断舍离的抛物线，不断加塞的松手，目送，加速。

凡是时间送来的必将被送走。

某些加温过的集体遗忘，某种乱码的孤岛数字。

都讲六亲缘浅是最后一世，这一生用力爱着的人，剩余不多了。

因为永别，所以较真。

比如月亮以卵击石，白云飞过大海的怀抱。

浪花里的空椅子再也留不住。

捡起芝麻丢了瓜越来越容易，可以清空一个个过站的虚拟，直到长出无心，自由自在。

穿越瞬间才有飞翔的轻松，才能看见我不是谁，我走了。

一生不欠谁的时刻。

眉 批

流水左右周旋的是词牌的老生常谈，笔墨的跟风被芦苇丛反复眉批，阴阳割的魂在情深处热胀冷缩。

人散后的黄昏，山巅成了仰望的靶场。

木叶漫山遍野，心情的拉扯被粗野赋形。

上山，下山，其实我只走到半山腰，余晖便抹去色差，一个人的台阶，只好响应号召不看手机只看路。

看霞光的潮汐，看松涛的易燃易爆，在它们的律令里翻江倒海，成王败寇，阳奉阴违，在腾出的众目睽睽的天宇下。

我语汇的世界，在逐渐失真的摩擦中，冲过来突过去，竟还是那根失了风车的长矛。

——海拔渐渐颓唐。

山脚的落差，才喊了声就荡成空空旷野，角度的失魂落魄便底朝天。

夜里依然举雨听风，看见光替亡灵妆容，一遍遍走过狂喜。

蘑菇气质

雨过天晴，人们出来踏青了，远山近水纷纷站台，草间的蘑菇也是，在风吹过的间隙，孩子般蹲出，密麻麻的。

雨下了这么久，都闷坏了，地头里，又潮又热。

这阳光，这绿荫，这新鲜的凉意，也曾是集体记忆。

滚滚万物，谁不曾在人间呆过三两回？

有人在跺脚，在喊，深呼吸，一二三……

有人在阴晴刹那，擎出朵朵孤独。

明知道会被采撷，会腐烂，然而有彩虹罩着的欢乐，依然有前脚咚咚踩着后脚。

谁愿意顾头又顾尾？

活着，头尾就这回事。

藏地腹语

究竟赊了多少个白日梦，春夏秋冬都不顾，才能在星空下彼此印证成一座记忆。

城在失传的尽头，其实无需切换昼夜，只有温差反复试衣。

历历在目者在透视里皆似笑非笑，想起的牦牛沿途驱赶花团锦簇，溅起的发瓣被流水成群搭讪，城头不停变换着鲜艳大王旗。

在相信的那截，没有山岗饿倒在草场，观音千手摇晃枝繁鸟鸣，玛尼堆反复切换骑马郎牧羊女，走入栅栏低头吃草的还有漫长落日。

"还有多远才能到达永远？"

"不远了，明天就到了永远。"

到后来，来往的旅人都记得带走半分出神，却不知养大的情欲已离家出走。

许多年了，蓝天愈蓝，白云愈白。

仿若自由的魂大多像个白日梦，眼睁睁的星球有多孤独，白日梦里的一滴泪，也有多孤独。

过塔克拉玛干沙漠

沙漠是天空的落草为寇，乱写一气，偏又一气呵成，乱码无处不在。刀割破的一条条风，晒成了线索的激动。

赶路人的惑，说来不仅如此，彷徨瞬间，凝神时，总会看到身后的抛物线似针芒，如影随形，一回头就直奔脑门。

想来上苍毕竟怜悯，在途中，抬头时，还有日与月标点般起伏，让地平线上的赶路人有空喘息，知道双腿迈开才是命。

沙漠再大也不留魂灵，脱水的，唠叨的，辩证的，都在进退处原地蒸腾。

只有孤独在远方守候着完璧归赵。

黄鹤权，男，1997年生，汉族。福建省作协会员，福州市文联《海峡诗人》杂志编辑。作品散见于《北京文学》《扬子江》《星星》《诗歌月刊》《福建文学》《山西文学》等刊物。

堆叠生活的风度
（组章）

黄鹤权

天葬师

一手接住，春雨和电闪雷鸣。一手扶稳日子，按住咳嗽站起来。

唢呐声袭击后，哀乐缠绵而下。一具厚厚的肉身飞向崖边。鹫鹰，是这一刻回响的帘幕。多么渴望一道桑烟的垂涎。

它也明白，在时节那头，希望有细微，人人可将空白写满。

儿子的愿望清单

他是这样开始写的。滑板车，要那最酷炫的。玩沙，要那小坑囤积白云。地球仪，要那来回旋转的。出门，要爸爸弯下腰用方言说"拜"。

夜莺，要那快速逃离的。水漂，要那最跳跃的。背影，要那回心转意的。素描，要那目光潜回一个女孩最深的酒窝，吻别。

行山，要那大汗淋漓的。搭积木，要那小食指绕圈插入火树银花，不计时日。睡觉，要那不安稳的。板栗，要那必不可少的迁西。

我羡慕这日常，振颤不已。几乎可以肯定的是，这份清单上他写下的一切，早八点看，刚好是地铁最佳读物。

年 味

是一个人时，冰天雪地上，一人轻舞，以小布尔乔亚的姿态反抗，路过就是圆满。

是一群人再次睁开眼睛，备年货、打牌、唠家常，抽压岁钱盲盒。很多时候，我们站

在一起，在管与不管，怠慢与不敢怠慢之间找一个度。是燃尽了最后一片晚霞后，鼓捣热闹这项活动今年有了长足的进步。

站在年味的关口，披一袭星月高歌猛进。此刻，危险的、迷人的、勇敢的炮仗声占据我的遐想，落在阳台上。

它启封过我，让更多的河下街遗事持续发烧，比昨日更厚重深邃。

也让除夕这一天，咕噜咕噜的声音，搭载青梅酒的醇香，迫不及待，落在一桌满汉全席。

三月的风度

晚香玉鼓起肚子，日光一针针为湖面绣出袈裟。蝴蝶独绕流水，弹拨五十弦。这是，在窗外。

再拉近点，钢化玻璃已过保质期，退化成一纸玻璃。

对话是古老的宿命。你说，一个名词只读一遍，温度便开始飙升。你深知读一回，交叉感染便深一回，喘息仍在加速。

你继续大喊：看！春已经来了，接生了，更多可以成为任何样子的自由——风筝、新芽、糖果派对、波点。春天并没有把我们遗忘。还拷贝着童年的多义词。

春天真好，无酒亦醉。

不止是喜乐，酒窝都至今溺着，涨满浪潮。我们得以无条件再多走几步，勾兑一杯四季奶青，覆盖一层桃花的体香。

速写：登文道

路是一支笔。越用越瘦。

只有落日，这一枚虚词依此找到拐点。它醉人的包浆愈来愈深。直到，文书给旧世功名加上破折号，才间歇。

但此地，放眼所见还是只有溪水给溪水送别，直行或转弯。两侧石头内心都压着火。很久没有人来打漩了。

大风悄悄在装鞭炮声。

晚　课

繁复的脚步声总在大钟，敲响日落后复出。

香火正加入其中，围坐东篱，陪山雨圈阅着大殿。

我看到房檐是分子，拜垫作分母，嘴唇拨拉出分数线，得出细密的经声，继续研磨夜，翻过寒山寺的两鬓。

花田喜事

白云飘，左拐，小镇掏出最为上乘的魔法，落网奥莱时代，汉堡王的路标指挥所有的秘密前呼后拥，藏进一个个飞跃的身影。

城堡前，电梯下。喊声还有破绽，多种笑得以碰面。妻子上楼，用镜头打猎三层的怪兽，一碗净云吞，唯美火烧云。她的右边，一列橱窗不能自主进食，摩挲着风的皮肤。

更远的花丛，迎来开放后的婚礼，土蜂讨百家饭，酿成蜜糖。

它的生活最终一点点被还给我。

我给她带去一杯杨枝甘露，我们最后坐在生活的附近，抱膝，陪着湖光，一页一页地剥莲蓬，学习身为一个父母的身姿。

重返地摊

星没有动，雪没有动。这些飞虫就是我的来历。

一月，还未感受到年的颜色闯入；眼前这片黑就是我揉皱的判词，不认识我，却贯穿了我一整年的生计。

我看不清更远的一切，包括年轻时经过的芳草地，心的贪，人的野。

仅能听见不安的远离在夜里翻墙，他们裹紧了衣服，摆道我的酸辣汤面当园陵；再咀嚼刺细肉嫩的小鱼。在我转身之后又和惴息做朋友。

他们的体温正流失，无处投递，都还没准备好止住，徒手的正义。他们年年往复，举着羞愧进入新的角色，绕啊绕，相互访问

回夜的湾，等待姓氏确认。

像我年轻时一样，把旧事整理，也包括那张轮椅。

乡村守护人
——兼赠高娜姐妹

万物都有情义，忙活着，挑拣、打包自己，井井有条。

比如电闪唤起雷鸣。山地苹果找到一个席位。比如，起风了，一朵炊烟，矮了又矮。比如，门框、椅背、炕沿，解决了一座盲人影院油盐酱醋的韵味。

比如就连米香，也争相问候，锁定四代人的窑洞。比如新兴与传统互为上风，一仓红却比绿更落实，栓牢了，世代归心。

这里是陕北大地，直播挂在山腰。四季接纳，由得女工折腾，脚本则承重于生活，但比生活更为迂回。我正听她说起，高家小院，绥德的汉，孩子，好光景。

笑容中预见两座小小酒窝，清澈见底，连夜都得馋。

成品书店

日头偏西。余晖开上网约车，攀上台阶的阴影。这是它给外乡人的一封公开信，浪高，声急。他已接收到。

赶在霞光溅空前,他看到文字俯身,在24根罗马柱里解锁疼的屏幕。每一帧,全是写满诚意的祷告,比誓言更重一点。

他知道,再过一会还有满街霓虹烫伤一场夜色。人们会把一单单翻晒的美,送往朋友圈。唯剩落单的信箱,撅嘴不语。泛着青绿。闪过句号的涟漪。

它这一生只做一件事:

一遍遍出嫁黄金。盖下印章,追去五百里,堆叠群山的巍峨。

合唱团之春

汗水调和,合唱打开崭新的清明上河图。

只一瞬的对视,便足以撑起一个幼儿园的下午。

坐在窗外,抬头,能看见光,一直向内打开。等待中,他的姿势和话语没有停下。光动时,他翻捡自己的影子。

他现在路都不想走了,雀跃着和小女孩打招呼,又有些忐忑,不断加紧练习老师的指教。倒出"云瑶"的回响。不太过茂盛。也不干瘪。

他是我四岁的儿子,一架充足了电,能演奏小星星的手风琴。

正经受我一帧帧幼时的农事:十指还没审问,小脸就结成一朵小红花,挺身打开山楂馅的春天。

夜宿火车

剔除欢笑,再剔除人影,黑夜准时醒来。

没有规训生发,没有探险翻新,也没有刺激。只有母亲坐在我对面。她刚结束一场《卡拉马佐夫兄弟》的阅读。

烦乱的呼吸落至细小,就是这样具体。她的鼾声靠在月光下,抢跑李杜的诗歌,落地生根。她正把声音赊给桌板和决堤的泪海。

我们就这样蜷缩在坐铺,风把窗外一片片泛黄的告别信,种在下一秒翻转。如一粒骰子,再次,将命运匆忙下注,落尽列车口袋。

我会到达钟声
（组诗）

黄劲松

雪花飞舞

它们从天上来，带着天使的教育
从我们的头顶来到脚趾

寒风会吹彻我们的衣襟
而大河在远方翻涌

到最安静的时间中去
到我们的陌生和爱的岁月中

那里马上春光明媚
有一群雪花的照耀

但是，我们要相信最后的到达者
他的目光中有一枚银币

那是光，和我们的生活
在共同地飞舞一只古老的酒杯

黄劲松，江苏昆山人，曾在《诗刊》《十月》等发表作品，获得第二届上海市民诗歌节一等奖，首届闻捷诗歌奖银奖，第二届长淮诗歌奖优秀长诗奖，"美丽中国"世界华语诗歌大赛金奖。公开出版诗集12部。系中国作家协会会员。现为昆山市作家协会名誉主席。

当人间的秋风将晚宴吹醒

现在,你要明亮
像所有被告知的事物一样

从今天走向明天
从简单的枯叶读懂水流的歌唱

当人间的秋风将晚宴吹醒
你要沉醉,原谅自己的过失

生的希望早已经给了自己
那么别人的天空也会明朗

在满地的金黄不断地堆积的时候
人会善良,宠物犬会继续相信命运

你是大地的另一个摇摆
你是黑暗中一颗星星的记忆

光

灯盏在天花板上
来到花篮中
从技艺的摇动
来到诗篇的掌握

他能上升到更高的星空
而没有产生注解
他找到闪亮的方式
而秘密之剑高挂在墙上

锐利、磁质、像初生的卵
通过时间的考验

像玻璃的跳动中
一只青蛙的鸣唱

光在来临，银白的马车
将带来一个城市
如头顶驶过的蓝色之河

手机号码

你可以在数字中找到一个人物
他有一个地址和场域
他在生活的另一个部分
留下了朴素的证据
或者他是一个传统的遗存

你可以找到现代——时间的抚慰
可以在金色的太阳照耀时
发现建筑内的忙碌
和他们身边的象群

你可以拨响一粒子弹的速度
比云中的快车更快
甚至可以达到歌唱时的极速
而那人还在犹豫中

你可以在手机号码内获得自己的一次原谅
在人们的计算还在公式中的时候
你要联接另一个人的定律

在一棵树下

我需要一些阴影来遮蔽自己
在一棵树下
黄雀也回答了这个答案

我需要风声吹过我的肉身
在一朵月季花上停留

那么，我会到达钟声
它催动的宇宙
比阴影更大

我看到叶子在成片的沉默
仿佛我的现在已经被安慰

在得到安静的时候
我会打开身体里的亮光
除了这次照耀
我谁都不害怕

如此熟悉的回响
（组诗）

柳文龙

守候灯火

写了很久的题目，疲惫的
春夜，一声轻叹
仿佛我扔出窗外的小石子
一粒很微小的介质
可以听到黑夜的深潭
巨大爆音，和留驻后的长久沉默
当夜色爬上藤萝——仰视我
潦草的日子破窗而入
我仍在为情感默写生字
为平淡生活抄写段落大意
至于那些读不通的文字——
只能让内心慢慢抵达
一簇簇花朵似的语言的美好
尾随着被夜色管控的灯火
美好如斯，像小橘灯

柳文龙，浙江浦江人，中国作家协会会员，诗人。作品发表在《诗刊》《星星》《诗歌月刊》《十月》等报刊，诗作被翻译成英文，在国家、省诗赛中获奖二十多次，入选多种诗歌选本，出版诗歌专集《观照》《新鸳鸯湖棹歌：一个人的南方》《彼岸千年》（中英文对照本），以及散文诗集《米粒上的湖》《我心中的星辰大海》。

无雪的日子

无雪的日子，日头在叶脉上
蠕动，投下了一片生机
我脖子冰凉、生疼
看到的水塘开始虚晃
仿佛沧浪之水盛满袖笼
归避我多年来脆弱的幻觉
一次漫不经心的转身
流泉一滴滴速冻成骨刺
它将划伤我漫长的
冬眠之梦——每个边角压住余生
而谢去的腊梅一夜未醒
黯淡的光线滞留于水珠表面
我日夜不分，冷热不均
一次次地打入自己的内部
不相信一场雪，将化掉沉默
余下的残冬
在走远之后露出破绽

秋 分

当北风被爆音以后
吹乱了远近山色
清空斑斓的梦想
感召秋天的辽阔、敞亮
把擒获的光线，细劈成节气
劈成比篦更缜密的雨丝
……劈成气若游丝
一点点将地上的碎叶
聚拢为绿茵，供万物呼吸
供我想入非非

院里芦花扫帚，竖着
这是我留给尘土的怀念
目送自己，被打扫、被经历
——绘上金色，绘上淡淡的烟尘
如此秋日，值得珍惜和拥抱

尘世间

尘世无限放大,我心地无限的
局促,让白炽灯留驻一隅
柏油速冻出偏安的路面
谁也无心插柳……距离里你我
一次无法拨打的断线
打断昼夜温情,柳絮蓬松地飞
折射清晰的玻璃光

我像闯入你的智慧小院
腼腆地敲开月洞门
里面有宏伟叙事,临近青春的窗口
窗明几净的妊娠期,怀抱着生命殿堂……
用月光,绞尽脸上迷惘
我听到寂静中莫名的冲动
从瓶花的茎梗——掐落、捏碎
随后是战栗,随后是缄默

乍浦的黄昏

大海弃舍另一片海
仿佛蜕下的又一种形态
褐黄的海水,我低头看到的
重彩时光,正赶往前方的风暴

我们站在海拔的高度下
成为浪涛的一部分,延续或休止——
对咸苦的墨绿,有一点惊奇
咸得忘了蟛蜞和它的大钳
或想废掉宏大沙器——内心的
堡垒,更改一份旧海图

整个下午,我在滩涂消磨浪潮
消耗满格的信号,乌贼的
空中飞行能力……悬浮之力
一直坚持跃出海平面
对着大海说,拥抱吧亲吻啊
——都应有浪花来完成

我用完了整屏的霞光
扳回满舱后返港的大胜局
这是多么好的一个海港
臂弯里温暖的大港

SHANGHAI METRICIAN
上海诗人自选诗

满地阳光的碎片
（组诗）

陆　萍

将自己守住

万千万千物事
在车窗外——掠过

独处
思想的粉尘沸沸扬扬
落到要害处
就不动了

吮吸着，在汲在取
一个激灵：顿悟
携光
直抵心魂

时间指证
一种生命觉悟
本真实相一点点浮出水面

风尘漫卷时别怕
停一秒钟

先将自己
守住

这是色彩很斑斓的季节

这是色彩很斑斓的季节,所有的
蓓蕾都怀着冲动
一阵风
偶然吹来只是偶然,却引来
一场角逐和骚动
有黄有蓝有绿有红

有人见机行事,有人顺势
扯篷
竞技场上有各路英雄,我勃发的
思维,却属另外一种

这墨滴

冥冥人生中一个没有坐标值的点
　　像墨滴
在我无色的夜里
　　渗出很浓很浓的情绪
无处不有
无刻不在
我以我最隐秘的真情
　　时时相伴
为独自一个享受,我宁可
　　走寂寞的小道
而舍弃世俗的狂欢

这墨滴
是颗巨大的砝码
平衡了我整个青春的重量

画圆自己

离出发地已经很远,世界予我
以巨大的热诚
赤裸的
故事是一面旗帜,我生命之罐
充溢着活力自信

已经领略了阳光与阴影,幸运
会以金黄的语调
叙述巅峰
我如痴如醉地画圆自己,在恬静
淡泊里
置放灵魂

触摸嶙峋的世故

岁月将动人的故事,夹进
　　生命石缝
就这样明媚地笑着
　　诗情如梦

无法想见后来的日子
　　孵化出许多
令人窒息的日月和苍白的雨云
我漠漠在站着

你冷冷地出神
　　大家都有点意外，我不知
　　友情在这之前
就已经冰封

我曾因你的胆识魄力钦佩不已
你因我的纯情诗行
　　差点发疯

今夜远去的细节
　　偶然从书页里掉下

触摸嶙峋世故
深刻了我的人生

为什么独独对我钟情

没想到还有一处胜景
比幻想美
比梦境还真
我成了
一枚柔丽的月亮，有太阳映照
或者说
我成了太阳的陪衬，成了
一朵
有长风吹拂的彩云

人生就是一个过程，过程是花朵是潮汛
是果实、是曲了
是剧终
是尾声

每一次
都是结束与开始，每一次
都圆满
都永恒

都说
命运的公正
并非随意施舍，可为什么为什么
独独对我
钟情

今天开会

在天老地荒的渡口。
在天涯海角的站台。
在天寒地冻的日子。

所有的人都站立。
你一个人躺着。

有一种注视叫绝望。
有一种平静叫泪奔。

有一种命运叫白桦。
有一种不语叫觉醒。

有一种告别不挥手。
有一种抵达成永恒。

2019-1-20 大寒节气．白桦追悼会

世上最牢靠的大山倒了

翻开记忆的老册
是因为一种绝望一种寂灭
世上最牢靠的大山倒了
才明白过来
是劫

劫是天地两隔
劫是断、是裂
是千呼万唤再不理会我们
是活生生的音容笑貌
成了冰，成了
铁

劫的断面上渗着血渗着泪
慢慢地一点点一点点
凝结

我们站在今天，凝思回望
小心翼翼打开
往昔
您曾经的岁月是何等凄苦
却从来不曾被人
问及
今天，我们长大成人，颤着手指
抚摸
你丝丝缕缕艰难，抚摸你从不
言说的委屈
……

我们的谦恭排着长队
在岁月这副大壳，把卡在缝隙角落里
无以数计的怀念，一点
一点往外剔
往外剔
……

那 刻

那刻销魂
腾空。被拔起。连根
在尘世忽尔起飞，辽阔高远
翔于一团神秘
虚
无
在世界之外
倏见
那刻灿烂
和暗黑，那刻寂灭
和活生
整个世界都一片混沌，我
是一个带枪的
猎人

有种伟大的流泉，正流经我穿透
我，创造着我

石火电光
莫非
我已通神

越过台阶上的木香花（组诗）

子 薇

立夏曲

这场暴雨
是如此喜悦
是谁叩响了诗野小径

此处请忽略与生计
有关的词语
此处还应有扇窗，让蛙鸣
倾泻。我念的人正走过
南山路

越过台阶上的
木香花，盖过头顶和她
身上的
环佩
叮咚

豆 娘

在天启城，他的
欲望越来越深
他同时能吃掉蝴蝶和蝙蝠
幸亏她是一只豆娘
生活在一片看麦娘
的笛音中
她羽翼薄软，闪着弱光
就像看麦娘吹出的
音调
余光细长

鹿 藿

这款植物名，我记了 10 遍
还是没记住。现在只有

这一个办法了。它的果实黑溜溜
像鹿眼，黑得忧伤明亮

藿，一种长得像豆类
的叶子，鹿很喜欢吃

鹿藿。古老的中药

在本草纲目药典里

躺了千年。昨天下午被

我发现，那一刻一枚火红

的小旗手被高高举起

秋天已先我一步与鹿藿成为挚交

清 冽

他在清唱

如果歌声婉转成

海浪碧涛，那一定是

一块绸缎

布料，歌声里漾出她收集

的踏花，提花纹样，各种

小兽，祥云和仙草

他深闭着眼睛

声音冲破束缚

囚笼，黎明之前的昏暗

义无反顾的

没有杂质的沙哑

成了一道清冽

伊最后讲，他歌声里

住进去了一个十二岁的女孩

和一个十五岁的男孩

它此刻，道晚安

它飞过，飞在刚才的一阵风里

自带风速以风雅之翅，金黄色的风

不用力挽狂澜，只在意自顾自神气

它继续风雅，在翅膀上写着汉语的稻田

在沟渠旁散发着木质清香的亲水平台

风低语，颂歌，大地低垂粒粒饱满的稻穗

它和一切闪闪发亮

现在入睡，彻底安静，晚安了

它和内心的小狂涛晚安

它和她隔着些许的遥远

此刻，道晚安

品狮峰龙井

她爱茶，细小眼睛里
满满的矿物质与
维生素
她说起村里
的某个黄昏，眼睛眯成
一条缝
这享受，像这杯
狮峰龙井，嫩芽儿
全都绽开时，蘭香似故人

彼时，村口的
夕阳，低头轻语
鸟鸣林更幽

春 语

她把葱郁给山坡
把涟漪给白鹭
把薯蓣的攀
爬给
一面老青砖

最后，站在老街邮筒前
把自己
投成
春语

水晶天（组诗）

柳 柳

写诗或蝉鸣

忙时，词语在体内埋伏。
草木皆兵，不敢吱声，
更不知先打哪一枪。

寂静时，它们猛然起义。
多像童年的夏天，躬身捕蝉
捕到哪只，哪只就发出尖叫，

惊出一身清凉。

雪 山

雪越下越大，成为大雪。
时值年末，世间诸多陡峭皆被抹平。
雪从远山来到村庄，虚构出人迹罕至。

归来的人向自己出生的地方赶，道路消失得
只剩下轮廓，洁白的脚印在内心蜿蜒。
一年的终点值得反复庆祝。
在老屋，离家多年后，
它依然保管着生命最初的暖意。

暖在一壶酒里，暖在嘴唇和酒的接触中。
看雪中的山，多像一个旅人
走远后，蹲下来悔过。

水晶天

大朵大朵的白云，如一座座雪山移动
并被清晰目击到。空气发冷，如有呼吸。
女孩的裙摆在凉风中肥胖起来，扭转脚步的
方向。
天色纯真，涌动自我，放逐出更圣洁的蓝。

人群也随之移动，变缓，缓入巨大的梦境。
陌生的环境给人以松弛感，恍惚间
高楼如群峰，穿云而过。
如天堂路过人间。

白玉兰只有花

推开窗，一树白花冷静地燃烧，
多么克制，一点也没溢出去年记忆的边界。
玉兰花年年保持纯净的本我。
趁绿叶淹没春天之前
趁儿童变成少年之前
我们在一棵玉兰树下，静坐。

翠鸟来袭

从天空入侵水域，鸟类中迅疾的行动派。
待一道蓝色的闪电，击破水面。
小白鱼闪现而出，水草急剧摇晃。
翠鸟披着墨绿色彩衣，现身凯旋。

因速度而爆发出美的表现力，
被赞叹。意外如此惊扰人心。
命运的禁忌打开又闭合。

唯水面不知疲倦
荡漾着一次次神秘的邀请，或遗言。

铜钱草

暗处的光，聚集成一簇铜钱草。
一顶顶寂静的小圆帽，绿得起伏，有模样。
安于角落，让出身旁广阔的空。

召唤谁出场，谁一直没来。

他们在它虚构的一面，忙着寻找它的本体。

桃花·爱的表达

透过门窗，桃花开在画框里。
部分参与着人们的生活。

另一部分，对春风一点点打开它的花香。
深红浅红粉红，红红红。

爱的表达要直接。
周围都是寂静的红色。

洋牡丹旋转

星河灿烂，只靠一种亮色。
坠落地球后，洋牡丹旋转，旋转，
转成一个个圆。

如果你仔细看，
它有千万个分身，色彩不一。
即使是江边的那朵玫红，
花色也由深入浅，一层层，
细密的花瓣掩映着宇宙之眼。

等时间之手，一层层剥开
星河的深处。花蕊是统一的
深褐色。一颗绿色的子弹
探出头。

当花瓣纷纷坠落，
洋牡丹旋转，旋转，
你要小心，在你恍惚之际，
子弹高悬。

一碗莲或南宋

向南，向南，南方大雾弥漫，
轻轻推回八千追兵。
雾下山水已解甲归田，遥想起，
始皇帝挥动马鞭周游他的国，声势浩大，
又折返于大道未通处。

河山时有曲折，

历史的余波消声于——
一叶莲，水面清圆。
生长的环境被极简化处理后，
活着，只需半碗水。
悬浮的碧绿现出椭圆形。
一圈又一圈，扩散虚空。

轻轻地醒着，集聚凉意。
闲时开出一朵小白花。
更闲时，又开一朵。

山西，从白纸上站了起来（组诗）

倪宝元

太 原

仿佛二千年的历史，俯首皆拾
我眼前的太原有些沧桑
但很亲切

行走太原，古老与现代、厚重与时尚
在我的目光里不断交织，回复我
一路的遐想

不说山西饭店的恢弘大气
也不说汾河夜色的旖旎
黄色、红色、绿色的太原，不是你一次行程
就能读懂

夜幕低垂。
当我打开一瓶青花，汾河就开始
在我的血脉里流淌

王家大院

人说占山为王，而灵石王家
依山而筑，从不称王

三百年时光，造就25万平米的家园
走在大院，我一直被一种博大精深
深深震撼

先人哲学，我们曾经扬弃
当你面对钢筋水泥的丛林，你可曾感叹过
传统文明的衰微

王家大院的人群，川流不息
影视广告，为你讲述着庭院深深的故事
此刻，从天南地北赶来的脚步，又何尝不是
一种时代的呼唤

右 玉

名不符实，却又名副其实
这是想象和现实的距离

此刻，我眼中的右玉
这些沟梁垣茆与满眼青绿
像石刻，又像油画

杀虎口、苍头河、中陵湖或宝宁寺
它们的古老与年轻，不是一曲右玉道情
就能诠释

七十五载岁月，不长也不短
我看见一杆红旗引领的右玉，接力奔跑
于是，这贫寒之地
终成雁北江南

走进右玉，我满眼是惊奇
而离开右玉，我热泪盈眶

平遥古城

护城河还在，而水已不在
龟甲的造型寓意万年
确已行走太久

历史，在青石和灰瓦上淀积
黄土的厚重正好与之匹配
一点不多，也一点不少

走在平遥，我前世的一切
仿佛触手可及

写生的书生，正一笔一画细细勾勒
我的平遥，就从他的白纸上
站了起来

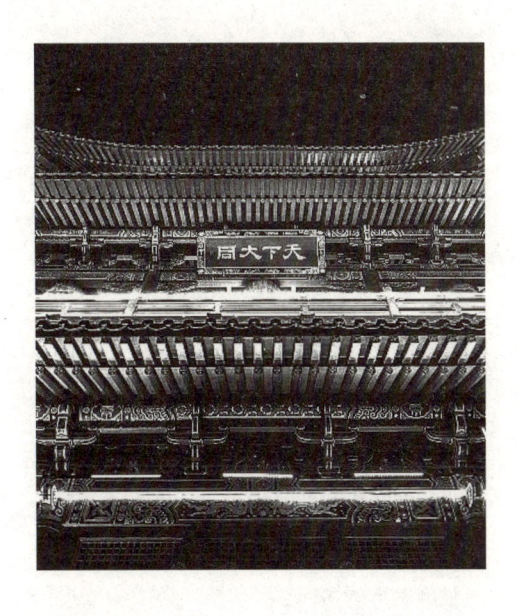

大　同

腹中黑金很多，可以点亮山西
也可以点亮中国

从侏罗纪走来的脚步，叠压在每层黄土之下
"三代京华、两朝重镇"，历史的厚重
更无需言说

走进大同，所有目光会被一种惊诧覆盖
"只此青绿"。大同华丽的转身
让我突然想起这四个字

从出生那天起，上苍就赋予它不一样的使命
"天下大同"，我眼前的车水马龙
不知是否已如它所愿

朝花夕拾（组诗）

火 俊

老 歌

老歌一唱
多少人的初恋回来了
飞溅的青春
也就顺着月色 爬上来
将半生的韶华
飘洒在歌词里

老歌一唱
所有的泪水
举杯成了白月光
飘蓬落尽
长河胜境
那心野的春望
重又驰骋无数的撞鹿

老歌一唱
渐行渐远的少年
月圆中回了家
满树的梨花枝
摇曳出无数的海棠影

老歌一唱
残烟冷灶身披霞帔
塘中炉火　画屏春山
曼妙轻盈的火玫瑰
炫出千万个日月星辰
酡红了
最初的自己

少 年

少年是一本书
翻开以后
竟然是一座刀山

那一年
扬鞭跃马
从铁骑上跌入了冬天

自此　江湖折戟
一抹晚烟半斜日
有限好春无望枯树
华年漂白了红尘
这毕生的守望
都落在一襟晚照里

多少平戎策
放逐于夜光杯
多少最刻骨的挫折
放牧于振翅欲飞的飘零里

几穗灯花几帘絮
唯有前额恣意的铁马冰河
念念在兹相约东篱
徜徉了一水满江红

阑干敲遍
静影成壁
蹉跎沉淀到尘埃里
在血痂上开了花
幽恨在热血里焚煮
熬成了骨头
青丝蘸白雪
气节终究在霜影里
憔悴了满簇的绣球花

踏锋饮血
少年这本书
翻到最后
赫然就是一座雪山

返生香

名字长着翅膀的人
一定环佩叮当
尤其 一位早凋的美人
面对我这红尘赶来的香客

当芦墟的秘境
披上了天启年间的春色

汾湖之畔的暖阁里
伊人正对镜晓妆
她的脂粉沾上了我的手
把裙裾一般褶皱的时光
轻轻地抛在了浮名后
四百年多少轻纱琼楼
已被遍地瓦砾
明末的月光
谁还垂泪掬饮
不是所有的菩提
都一定在江南的烟霞里发芽
天欠你
天　一定要还你

人与人
最怕是一别后的转身
每一次萍水相逢
不过是江湖上的另一场惜别
最好的时光　是我们曾在一起
从此　我在阳光下
你仍在《返生香》的故纸堆里
有了第一眼　，以后便是天天的乡愁

注：叶小鸾（1616～1632）明末才女。字琼章，一字瑶期，吴江（今属江苏苏州）人，文学家叶绍袁、沈宜修幼女。貌姣好，工诗，善围棋及琴，又能画，绘山水及落花飞碟，皆有韵致，将嫁而卒，有集名《返生香》。

般若生

有时候顿悟
人生何尝不是一盏感应灯
人来灯亮
人走灯灭
即如长相忆
一半迷思 一半释怀
描三分春色易
画一段伤心难

我常常一个人
呆呆地彳亍在浊世的
净土中 莫名被法雨解开了
发髻
天资中与生俱来的
魏晋风度
在庄严宝相的祥云中
披上了一袈裟的禅心佛性

青衫烟雨客
似是故人来
这一辈子
无非就是一路跌跌撞撞的失去
前世的三千年修行
竟是这一弹指的拈花笑
现在 慈悲心
也早已幻化成了一座佛堂,
而你 却是擦不去的纤尘

有时候
男人的放下 竟是要杀死自己

人世大千 非人世所可尽
最美的情花开在婆娑的烛影里
最铭心的相思
却缭绕在灰飞香灭的焚心里
最远的距离
我还在红尘间
你已在烟尘里

佛是过来人 人是未来佛
我时常执念 期冀神通
祈祷有一路妙音
山月为枕 晨钟暮鼓
能让柔软的弱骨
在佛号中坚硬
用一切法 度一切心
淘尽筚路韶光
妙悟浮生 心生欢喜
使众生看我
如老僧入定
俨然成佛

截取一瓢多年的寄存（组诗）

枫 肥

那里的枫树在说话

栖霞山很近
迈开步，就可以抵达
又有些远
目力看不清枫树叶的脉络

那里的枫树在说话
风吹云朵听不清
沿着石阶往上
一直往上。栖霞寺就在面前

好几只猫是这里的主人
懒散地在山边漫步

红叶伸出手在山岩的溪水边
截取一瓢多年的寄存
火一般燃烧
像某个人任凭光穿透躯壳
把一颗心交给栖霞山

半山听雨

前往无数台阶等着
回头槛外空空
累了可独坐在半山腰
或邀日月以及星辰

微雨不知何时已蒙蒙
开始布景，附加两勺煽情
野百合精致地开
晶莹地听着雨，等着一截好时光

回归风月，走过半山几程
随雨，郁郁以及葱葱
胶原蛋白的脸被袅袅抽离
皮囊悠悠飘起

你是你，我忘记我是谁了
那位叫烟的女子
在半山腰抬头
触碰雨滴落的密语

在今朝阑珊处

黄昏的笙歌走在十里秦淮河畔
犹如走过一阕词

屋檐下,灯笼可以勾起
几百年前的场景
柳如是的门外,柳相依
人近愁回处,芙蓉泪樱桃语

魄力才情,不输七尺男儿
照影留痕在今朝阑珊处
渗透着许多不为人知的故事
小桥,流水,古道阅尽
泛起层层包浆,映出六朝繁华

翩翩公子摇着的扇子
思绪赋予你微笑
美玉挂在君子的右侧
轻轻抚摸,欣赏

很多时候是沉默
承受的撕裂、冰雪
耄耋般拄着拐杖回看
旧时金陵的岁月,容纳
世间无法缝合的劫难

休憩的龙马

几乎是在毫不设防之间
闯进我的视线

癸卯奔入甲辰奔跑的骏马
双眸竟然温柔，抵达安逸的辽阔
是无垠的安详
送还跋涉千里之后的明净

嘶鸣，在缰绳放任之时
也在龙马停歇刹那
雪后的碧蹄前伸
清澈，天使般白月光
赋予淡青色的秋池
延伸到北宋，淡青色略深
比宋更深的雨过天青色

奔驰草原，加鞭驰骋
沙场点兵。更或许，雪劲马蹄轻
疏影横斜，柳条从春天拉长
雪融化。两岸树木成为空中的草原
继续往上游，夜雾中在上弦月
成就七个泛光的牙儿
在中指与大拇指之间跳跃

波影一层层被濡湿

栖霞山、秦淮河、乌衣巷
骏马般奔进心中草原
孤独跟着跨上马背
扬起鞭。或歌，或咏
秦淮八艳任其驰骋

金陵两字，可以醉倒几宿
思念，成倍增长
六朝金粉
唯有在夜晚醉眼蒙胧
枫叶又将红
如此算是约定

月儿高挂，不闻桨声
梅香楼从南朝开始布景
鱼儿游过夫子庙
几缕思绪在画舫里沉溺
河畔的美人靠，只等一人来
在河上，燃放灯万盏
秦淮河的波影一层层被濡湿

夫子庙的屋檐外银杏叶微黄
寒意已闲居在栖霞山
乌衣巷在那里
香君门前的灯笼用力攥紧秋

画舫从秦淮河的东面飘向西
河水继续往东流
轻拍石坝上的曙色
风若游丝，飏散少女的笑声
留下秦淮八艳凋零的倩影

晴雨人生
——陆士清先生印象

孙永超

晴、雨是陆士清先生为自己的爱女起的名字。

陆先生有两个女儿。一晴一雨，占尽了天气变化的两极。

曾私下里忖度，如果陆先生有第三个女儿，陆先生会给她起个怎样的名字呢？一直不曾就此问题请教过先生，怕太唐突。

大学里学《易经》，不敢说领悟了这天书的精髓，依稀间也还形成了一种大略的感觉：生生不息的世间万物，无始无终地相生相克，转换生成了这一个深邃的宇宙。

变化着的，才是生存着的。

陆先生为爱女所起的名字，是否也把对生命的领悟融入其中了呢？未曾从先生处印证过。

然而，陆先生的人生之路却是印证着生命的真谛的，陆先生的学术之路却是融入着他对生命的领悟的。

关于陆先生的最早印象是在复旦图书馆形成的。

确切的时日已记不清，那时还是个懵懂少年，满心是躁动，满眼是新奇，常常怀着朝圣般的心情在复旦图书馆静穆的书架间穿行。那时候，花了不少时间在一套三本《中国当代文学史》中寻找当代文学的踪影，并因此记住了那套书作者中，排在第一位先生的名字陆士清，书上所署身份是责任编委。

后来专攻当代文学时，我才弄清楚，那套书是关于中国当代文学的第一部文学史著述，在这之前，中国当代文学的研究，在大学教学和学科建设中，还不怎么引人注意。学者们评价说，这套书"在中国当代文学学科建设中奠下了一块坚实的基石"。而陆士清先生在这套由二十二所高校合力编纂的文学史中，实际上担负着主编的职责。时至今日，这套当代文学史及其与之配套的数十上百卷的"中国当代文学研究史料"仍然是不少研究者重要的参考资料。

也因此，陆士清先生该被称为"中国当代文学史学科建设的重要开拓者"。这称号意味着资力与权威，令人钦羡，并足以成为立身于学术之林的资本。

然而，当当代文学研究成为显学时，陆士清先生却悄然引退了。

今天，学人们提到陆士清先生，称他是港台文学专家。

我曾经问起陆先生缘何不再专攻当代文学，他淡淡一笑，"太挤了"。

"太挤了"意味着什么呢？太多的人在做着同样的事情、太多的人在进行着同样的劳作、太多的人……

不知从何时起，有了"做学问"一说，把自己围在乱纸堆中写呀写，那就是学问了。凭着"做"出来的学问，你就可以有房子、有位子，运气再好些还可能有车子。至于有多少学问，全在你写了多少文字，印出来就作数。既然是在"做"学问，那当然就得讲效益，哪门学问热闹，哪门学问就有人气；哪门学问文章好发表，哪门学问凑上去的人就多。究其实，某些所谓的学问已经和贩夫走卒、引车卖浆者的行当一样，混饭吃而已。

因为"怕挤"，陆先生从当代文学走出来。

他开始研究台港文学时，这领域还不像现在这般走俏，时不时会有人讥笑这一领域是粗鄙无学。就在两年前，有人在一篇题为《秦家琪之死》的文章里，还在为秦家琪这位极有功力的港台文化研究者、复旦大学一代才女惋惜，说是如果秦先生当年抱定原本的学术专长那会如何如何。

八十年代早期，横亘在大陆、台湾、香港三地两岸之间的坚冰还未曾消释，能在大学接触港台资讯，被当成一种特殊待遇，跟阅读《金瓶梅》一样，只有副教授、或者处级以上才可享受。平民学子至多是哼唱些港台流行过了的流行歌曲，或者是读些港台流行过、且未必完整的流行小说。即使如此，很多学子还是激动不已。

当年的学子们，是该感谢陆士清先生及其他几位港台文学研究者的。是他们，把这扇沟通华夏情感的门窗打得更开；是他们，使学子们领略了华夏文化的另一种雅致。

八十年代的复旦园，教授们的穿着是极随意的。现在西装、领带的体面的教授们，那时极可能还在穿解放鞋。只有陆先生是个例外，他常常是西装领带，与他在一起的，也都是西装革履，极体面的打扮，他们大多是来自海外的华人作家、教授，其中不少，是学子们心仪已久的人物。这样的场合一出现，便会有一次令人难忘的讲演，并成为日后学子们难忘的记忆。聂华苓、白先勇、於梨华、陈若曦、李欧梵、马森、杜国清、郭枫、许世旭、曾敏之、黄维樑、梁锡华等一大批台港文化名人，就是那时为复旦学子所熟知的。八十年代是复旦校园文化的兴盛期，这里面有陆先生不小的一份功劳。

1981年，陆士清先生在复旦大学开设《台湾现代文学》专题课时，校内校外反响强烈。海内外若干媒体纷纷报道，新华社为此发了专电："上海复旦大学中文系，这学期为文学专业的高年级学生开设了《台湾现代文学》选修课，这是祖国大陆的大学中文系首次开设的关于台湾文学的课程。这门课程的任课教师陆士清讲师，曾和台湾作家於梨华等交换过中国现代文学的情况和看法，建立了联系。近年来他还积极收集台湾现代文学的有关资料……"《台湾现代文学》的意义当然不仅仅是中国名校开设了一门新课，它更是一种征兆：两岸的中国人需要沟通，也渴望沟通。也许，最大的受益者是有缘听他讲课的学子们，陆先生给他们讲述的不光是精彩的文学作品，也是在为他们开启着别一种观照文学乃至人生的视角，而他的讲课本身也成了一种艺术，让人不由自主陶醉于其中。1994年，陆先生退休前最后一次为学生开设这门课，这些读着琼瑶、三毛、席慕容长大的新一代学子，面对着这位充满激情的教授，出现了与他们上一代的学兄、学姐们同样的场面：他们时而凝神静听，时而朗声大笑，全没了惯常上课时那满脸写着的倦怠。

文学是陆先生生存理念的一种载体，陆先生的文学观就是他的生命观。或许，就是出于这一原因，陆先生敢于问津这个领域，敢于采取有别于一般学究的学术态度，因此获得了成就。

当今的学界惯常以发表文字的多寡分胜负，虽然，从前的学人也曾崇奉过"十年磨一剑"，不过这信条，如今是不大行得通的。想一想，铺就一条教授之路，得用掉多少书。评上个讲师，没个半本一本是不行的；评个副教授，没个一本两本是不行的；评个教授，没个两本三本也是不行的。如果先哲老子在世，他大约是只能作个助教了，谁叫他博大精深的《道德经》只有区区三千字呢？

不知道陆先生是否也为著述的事困惑过。我所知道的是，他自己是不大轻易为文的。

学术研究原本该是件严肃的事，即使不再讲究"文章千古事"，不必句句皆有来历，总还得有个依据才行。譬如说港台作家研究，至少，被研究对象的主要作品是该读一读的。至于提到对港台文学做史的梳理，那更是得以丰厚的资料、史实、作品做依托才可以。两岸三地的文化交流长久隔绝，不少人可能终其一生都无缘见到对方的出版物。即使是学者们，要查找到所需材料也绝非易事。除非有造无米之炊的本事，否则，在港台文学研究领域，要写出有水准、有分量的文章并不容易。

有一段时间，谁占有了材料，谁就占有了港台文化研究的主动权。有时，单凭手中的材料，就可以在学界发威。说起来，陆先生在港台研究上是绝对占有资料优势的。他是这一领域研究的开拓者之一，与海外作家交往密切。他到过美国、日本，数次去香港访学，主要也是为了搜集所需的研究资料。然而，他的学术著述倒似乎并未因此丰产起来。曾有出版社几次约他写《台湾文学史》，但他未接受，他自己解释说是"火候未到"。陆先生在大学讲过十几轮的《台湾文学》专题课，他的讲义略加编纂，本身就是一部精彩的专著。然而，他仍然是让讲义沉睡着，因为他觉得不成熟。

有一回，陆先生面对图书馆塞满印刷物的书架感慨到：那上面究竟有多少是真正的书？为着让自己的文字厚重、再厚重些，他是不吝气力的。他在复旦开设过《白先勇研究》专题课，他也有意要写一本《白先勇评传》，为此，陆先生在美国对白先勇进行了数月访谈，回国时带回的资料，装了整整一旅行箱。为写一篇关于台湾《现代文学》杂志的论文，他把一套五十本《现代文学》杂志悉数阅读，并认真标记，遇到疑难问题，他甚至自费打越洋长途向当事人咨询。

数月前，东方电视台名牌节目主持人袁鸣赴台主持中秋晚会，行前，向陆先生讨教台湾文化。当时，陆先生正因腿疾住院。他索性将病房变成了讲堂，滔滔不绝数小时，不仅让袁鸣获益非浅，也把凑热闹的小护士们深深感染了。陆先生研究台港文学十数年，港台文学是他谈不完的话题。然而，提笔为文时，却常常要字斟句酌起来，没有新意、不成熟的文字，是不肯轻易示人的。他的扎实学风赢得了余光中等台湾学者、作家们的敬意。

陆先生主编的《台湾小说选讲》、《台湾小说选讲新编》以简约、明快的文字对收录作品进行点评。《台湾小说选讲》出版后，即受到读者们的热烈欢迎，一些大学还把此书选为《台湾文学研究》课程的重要参考书。香港《晶报》、《新晚报》等先后以较大篇幅介绍《台湾小说选讲》，不少作家、评论家也对此书在作品选篇以及评价上的客观，给予全面充分的肯定。他与人合著的《三毛传》出版后也很受读者喜爱，荣获当年度国家新闻出版署图书金钥匙奖，后又被引介到台湾出版，一版再版。

1993年，陆先生出版了《台湾文学新论》，这本论著被香港评论家黄维樑博士誉为是"先锋学者"的部分研究成果的结集，充分体现了陆先生广博的研究视野，深厚的学术功力。著名美学家蒋孔阳先生如此评价陆先生的学术研究：大凡台湾新文学运动发展的政治、经济、社会、历史、文化、文学的动因，文学思潮的演变，传统的继承和外来文化的冲击，创作题材的拓展，主题意识的变化，风格的形成和出新，文学样式的兴衰等等，都在他研究探索的范围之内。但是，他的基点和追求目标却是全景观照，是宏观把握与微观深入的结合。

陆先生在港台文化研究方面花费了不少心力，由于他的努力，复旦大学创办了台港文化研究所，举办过第四届台港澳暨世界华文文学研讨会、香港作家研讨会、世界华文女作家研讨会等一系列很有影响的学术会议，还发行了《台港文潭》这本不定期刊物，很多人期待他还会为港台与大陆间的文化沟通做更多的事，孰料他却退休了。

人们为他这个时候退休感到惋惜，他对此还是淡淡一笑："学术不会退休，研究照常进行。"

他退休了，然而他又没有退休。

人们在电视台《香港知识竞赛》大赛上看到他在担任评委；

人们在上海电台《世界华文文学百家精品展播》中听到他在担任主编；

人们在报纸上读到他与华人著名作家们新年的相互问候；

他仍在努力，依然活跃。台湾文学研讨会，罗兰小说创作研讨会，乃至日本孙中山研究会召开的《孙文与华侨》的国际研讨会上，都回荡着他那探讨的声音。

陆先生的人生阅历原本就是相当丰富的。

他曾经担任过无锡人民银行会计股股长，那还是在共和国的初创期。那段岁月给他留下的印象极深，他常常会绘声绘色地讲给他的学生听：芦苇丛生的河道中，载运钱款的小船在急速穿行。河水淙淙，四野空寂。押运人肩扛长枪，立在船尾，四下环视，神情严峻，随时准备与劫匪进行殊死搏杀。

他曾经是银行里的业务骨干。直到今天，陆先生还保持着对数字的敏感。他甚至可以把一些体现上海变化的数字，比如南浦大桥的跨度，分毫不差地介绍给来访的海外友人。

成为有名的银行家，这对于陆先生原本是极有可能的。银行曾保送他就读人民大学信贷系。

他还考取过军事院校，与他当年同时被录取的人，不少人成了将军。

即使在复旦大学，他面临的选择，原本也有多重。六十年代，他做过复旦大学团委副书记，一条通往仕途的捷径。最终，他做了教师，研究起了文学，因为他钟爱文学。

陆先生写过散文、也写过报告文学。"文革"结束后，他在《文汇报》发表的长篇报告文学《数学家的诗篇》讴歌着知识人坚韧的人格，张扬着知识的力量，唤起了无数人对著名数学家苏步青教授的记忆。

如上文字写于数十年前，那时先生在很多场合被称作陆总。未曾太多听先生谈起他作为香港一家企业老总的林林总总，但从偶遇的员工对先生出自内心的爱戴、崇敬，可以推测得出，这其中一定也会有很多非常精彩的故事。

　　先生爱文学，但又有足够的财商，轻松规避清贫的困窘；先生有产业经营的天赋，数理思维敏锐，但又不屑成为财富的奴隶。

　　上世纪九十年代初，贫困还是笼罩在这片土地上难以摆脱的阴霾。我在那个贫困的年代开始师从先生攻读硕士学位。复旦南区汇聚着太多和我一样的贫家子弟：海德格尔、博尔赫斯、萨特、叔本华……书架上频繁更替着西方的文化符号，满脑子公平、正义的梦想，现实中却手足无措于一日三餐，一份稍微有料些的免费菜汤都能让大家欣喜。

　　在先生家中，和先生学做春卷、色拉，进入到满足口腹之欲的美食世界；听先生讲香港的股市跌宕，诱发起对于财富自由的梦寐以求。而新年从先生处领到的百元红包，更是让多日的三餐得以无忧……

　　先生不着意于财富，但也不刻意回避财富。

　　他曾经谈起由于在海外访学，错失了购买股票认购证的良机。但崛起的上海会不断涌现新的商机，一定要多加关注，譬如房产。陆先生自身对房产机会的把握绝对精准。他退休后先后三次置办产业，而且都是在上海具有绝对上升空间的地段。

　　陆先生依靠精准的趋势判断，人退休，财富不退休，进入到空前的经济自由状态，联带我们也感受到经济自由的快乐。

　　先生有过撰写自传的想法，他的产业经历以及对于财富趋势的判断一定也会是其中不同凡响的一个篇章。

　　但先生的世界仅靠财富的富足是远远不够的。

　　先生心心念念的还是文学。不经意间，先生的身影又开始高密度出现于重要的文学场合，他的名字也更频繁地出现在各类媒体，他再一次以学者的视角指点江山，而且这一次他的视野更为宏阔：古今中外、文化经济，既有当下被认可的热点作家，也涵盖对先贤大儒的再认知。借用先生《品世纪精彩》一书序的标题"青春是一种生命的精神"，作为学者的陆先生再度绽放出青春的精彩与灿烂。

　　作为文人的陆教授，爱憎分明，笔墨生香；

　　作为学者的陆教授，学贯古今，力透纸背；

　　作为总裁的陆教授，纵横捭阖，游刃有余；

　　作为导师的陆教授，爱生如子，亦师亦友……

　　陆教授致力于品鉴世纪精彩，他自己的人生又何尝不是立体多元、精彩纷呈？

时间与空间的交错
——谈佛柳诗的哲学路径

王 云

佛柳的诗很有质感。虽然我在阅读过程中有一些无伤大雅的困顿——在于我偶尔会不能准确地把握他那些自在笔法、精密文字背后玄妙的暗示。纯粹的读者阅读，不可避免有自己的偏废，就像我始终不太容易与情绪过于直白、以及过于先锋或实验的表现形式达成个体情感上的共鸣。但是这种偏废本身就并不一定客观，共鸣的达成与否，与一首诗本质的优劣也不构成必然的关联。而如果阅读作为职业久了，就会形成一套跳出三界的评价体系，拿到作品的时候，直觉就会替人做出基本的好坏判断。理性让我知道，这些我的智慧并不足以完全破迷（也许这对读诗根本就是无意义的）的诗十分扎实——因为其中具备的哲学特质。

佛柳诗歌的哲学性几近显可易见。从康德到海德格尔到牟宗三，有赖于过往一点浮泛的哲学阅读经验，我看到这些作品扣上了几个世纪以来哲学家们前仆后继对时间和空间问题的探问。当读到佛柳在《空镜之门》集的前言里说："俯仰之间，让我领悟到时间与空间的转换关系"，便更佐证了这个判断。这种哲学特质，我相信更多的是来自一种文如其人的本性。如果细察，会发现佛柳的诗歌就像他常年研习的太极拳一样，如同一个流动着的气团，尽管并无锋锐棱角，然而在圆融的表象之下，自有其坚刚柔韧的通路，承托着情绪和思考。

"生命平铺的轨迹可以竖立起来。形成纵向立体的层次。"诗人的这句自陈体现在作品中，首先便是打开了一条在过去与现在之间交叉的写作路径。佛柳的许多诗呈现出非线性叙事的特点，常在一段现实的书写之后切回到过去经验中，展开一段与现实犬牙交错的虚笔。

像《诵经莲花调》一诗中写到的："八岁那年我们跟随父母，陆续去了 镇上／再也没有回到乡下老家／我是最后离开祖母的小孙子／倒片回放：那天，她坐在河边送我……几十年后，我的儿孙同样远走高飞……／夕颜惄悲，恍惚还在旧时光／还能听见祖母亲切的声调……"诗歌的时间线索从过去到现实再回到过去，反复回旋，全篇的气韵也随之起伏，产生了层次感。

在两种时间线交错的轨道之间，还有佛柳诗的另一突出特色，是他对于"媒介"的偏爱。在他的诗中，两条时间轨道之间，常会置入一个具像的物件，或镜子、或门、或相框，作为写作线来回切换的媒介。时常是"镜子"，像《老镜子》一篇："镜子是藏人的地方。小时候／捉迷藏，我就躲在里面……后来，去了远方。再回首／我看到一个老者，极像自己／坐在镜子里，与夕阳和花猫攀谈"。有时道具又会是"旧历"："翻动旧历的时候，我从里面接到一个电话／像过去钢丝录音机的语调……／搁下电话，我合上旧历，发觉／眼前隙开了一扇奇怪的门／印象当中，那里是一条拖着鳞光的长廊／有一片漏洞百出的天空／雨丝，正牵着渐远渐去的背影"。

借助这些物件，他把时间从眼前拉开，诗歌也随之切换到另一个场域展开，如《生日》："镜子里，有人喊我，声音飘忽……／我回过神来的时候，镜子里的转门／调整为东方欲晓的颜色"，时间也常进入到一个被空间化的塑型过程中，如《老街忆旧》："时间，就是一部黑白影片／具像褪去之后，抽象泡浮上来／这使我相信：只要心力在，那个气场就在／他们也就在 ／包括葫芦宝跟在丝瓜娘身后卖街吆喝／始终与我在虚里平行／始终与我虚里同行"。

《雨夜巷口》："巷子有三曲三折之深，但我要去的地方，很浅""要去的地方"是现时的"时间序列之外"，"停下自己／与一个素不相识的女子紧靠在一起 ／她用水袖搭起一片屋檐／我在暗香下悸动／……雨止／她反向而去。她属于时间的另一个维度"。

而用"媒介"串联起时间线索，起到的重要作用是让一个行动的主体登场，这个主体，在诗歌篇目中会对写作者本人起到一定程度的指代功能，像以上所列举篇目中的"我"。

在康德的理念中，认为时间与空间是不可剥离的紧密关系——"我们绝不可能从经验中获得不隶属于空间条件的外部对象"。时间是主体的内在性，空间是外在性，而主体则是驾驭着时间，运转着空间的秩序。《相遇》一诗中，作者第一视角的"我"借助时间和空间的路径转换，以人为轴心，过去与现在的时间，现实与虚拟的空间交叠，实现对固有经验的再创造：

　　1974年／我走进国际饭店工作后，经常在大堂会客／这一次，我们刚刚坐定／他就从大地的原点走了出来／我惊讶不已，他／不就是我的镜像吗……情景压缩在咫尺之间，回声浩荡／周边的事物，漂浮在后现代派的背景上／再看身边的文友，他已虚拟为蜡像／在时间平缓的转轴上／他是一个等待复活的——归来者。

　　驾驭着时间和空间运转的主体是作者本人，借由文字的走向，主体对虚与实进行解构和重组，这种非线性叙事的优处在于为诗歌创造了灵动性，虚与实又可以在同一个整篇的架构下，形成一种超现实主义的神性思考。例如《在矿区》："他脸色淤青，与我擦肩而过，舌尖舔着耳朵……我与二婶讲起这件事，她从炕上跳起来／大叫：前两天，矿里少人了／时针停摆的方向／出现一个冒泡的空洞／我看见他走了进去，像走进了自己的家门"。

　　《烟村》一篇的实笔，则要读到最后一节才能知晓。这是一场立足于写诗人某场游历的神思。这首诗中，诗歌发生的视角未变，都是作者眼中看到的烟村景色，但是促使诗意生发，诗歌韵味迭起的原因，在于作者设立了大篇幅的虚笔，前七节中的景物"蛙鸣""夏荷""船票"不是被孤立地描摹，

作者想象出了一个"你"，在一段虚拟的时间线、已经流逝的岁月中与这些景物交流。人、时间、空间，三者不可分离，共同组成了"认知世界"这一行为的全过程。在"时空加空间"的认知模式下，时间和空间都附着于具体的事物之上。

　　"时间和空间二者不可分割"。不唯康德，历代哲学家和文学理论家对此也提出过许多论述。俄国的巴赫金创造了"时间——空间"理论，用以论述文学作品中属于历史的时间和属于地理的空间之间的关系。空间与时间是不可分割的整体："在文学的艺术时空体中，时间与空间标志的融合在一个精心构思的具体整体中"。因此，在达成了时间路径上的交叉写作之后，佛柳的诗也必然做到了空间路径上的虚实切换。虚实转换助益了诗歌艺术完整性的塑造和升华。

　　首先是文本空间获得的拓展。

　　《老街旧忆》篇的时间线索从现实到过去再拉回现实，这种叙事逻辑，极大地开拓了诗歌文本的空间性，丰富了文本所能指涉的元素量。诗歌的起笔在"日月是一双太极鱼眼，在天空风云调头／我借了它的场势／折回一条挂满水母吊灯的老街，像走进了寓言"在另一个由现实视角延伸出来的想象线中，作者或是想象或是回忆了童年时光与老街场景："……与站在门槛和店铺的人打声招呼……有的，在老虎灶里泡水／在大饼摊上排队……唯有几个背影，还徘徊在残缺的

标语墙下／打开他们斑驳的梦想／却是错乱的旧梦"诗歌到这里已经建立两个叙事空间，最后再折回写作者的现实视角："时间，就是一部黑白影片……始终在虚里与我同行"。借助多维叙事空间的构建，在虚拟视角中发生的叙事，是整篇的逻辑架构下不可分裂的一部分，诗歌的层次完整度得以提升，整首诗呈现出的技术效果既有独立的层次又紧密相联。

又例如《雨夜纽约》一诗，麦迪逊大街是现实视角展开的立足点："风雨，占领了纽约／麦迪逊大街上的人影，像放生出去的招贴画……出租车，疾驰而去／溅开一路水渍的脏话，像翻起陈年旧事"。在两段实景之后，诗歌的末端则延宕到指向回忆的虚笔："一双脚迈向东方／带领我，走进淋不湿的雨中／另一个我，则止步于西边的长廊，被自己拒绝"。

佛柳的诗，情节常是实化的，背景是虚化的。以实笔写虚事是他常用的手法。

像是《老马来电》："老马在那边问：佛柳先生。你到北京了……老马又说，我刚才在王府井的一家火锅店里／看到你了，还有梅子她们……／视频里，确实有一个我的背影／老马上去拍了他的右肩，回头来对我说：你自己看吧／我说，看什么呀，老马／手机里面，一片雪花／接下来是想象的场景"，却是语气笃定的实笔："我看见老马在雪中奔跑，喂喂喂地唤我／像天边，擂鼓的回声……"在诗歌的叙事艺术与主体"自我表达意愿"得到兼顾的基础上，从现实到虚实相交再到虚拟——回环的叙事逻辑做到了"情景再现"，充满神秘主色彩的笔法虽然不反映客观现实，但达成了整篇的"虚实互构"，诗作因此形成一种想象的复合体。

文本空间的拓展必然带来诗歌情绪层次的丰富。

《老屋》一诗情绪主基调自然是念旧。在不算特长的三段中，前两段都是淡淡的思旧之情："我进门的时候／灰尘，仍在封存一张塑胶唱片／……现在，唱机坏了，我只能沿着纹路哼上几句／太阳调斜追光的角度／表现一种追忆／我说，不必了，我只是前来转转，坐一坐它老人家的藤椅……"第三段却陡然回到现实，在这种平和淡然的氛围之外折转出十分干脆的思而不得，用作者诗里的话说，就像是"后衣领，突然被拎了一下"："心情无从寄托／当我离开的时候，后衣领，突然被拎了一下／四顾茫然，不见无影之手／也不见老屋和巷子之外的车水马龙"。却原来前面是虚笔，有是虚，无才是实。诗歌便脱离了寄托在单一想象空间的情感表达。

《观星者》一诗中，前五段是作者与"牧星人"的对话与交流，在"牧星"与"观星"的对望之中，二者逐渐神合。如果该诗只停留在这里收尾，便会落入平淡。但是最后一段，作者的笔锋转向，忽然荡开，从"牧星"

这种非常西化的语境,转到了东方版本的"在另一个维度的剖面……",这样的处理,就极大提升了诗歌的可读性,丰富了诗歌的艺术性,整首诗从浪漫的一场"观星"发展出悠远的东方情调与隐含的发自于远方的思乡情绪。

读佛柳诗的整个过程,总是令我不断联想到一篇我挚爱的西方短篇小说——布鲁诺·舒尔茨的《肉桂色铺子》,里面那个小男孩,在一个如梦似幻、虚实掺杂的夜晚奔跑,跑完一整夜,跑尽整个自己熟悉又陌生的街市,直到黎明微微升起的时刻。作为读者,我也跟着佛柳在在句行之间切换时间、空间,向生命来处的过往溯回、在今与昔之间、虚与实之间来回穿行。像《去往远方》一诗中写到的那样:"童谣,从晨光里跑了出来/那是我领走的自己,去往远方/你早已在山水画的草亭边等我,我赶到了/穿过石桥山坡,在云的顶部,我们光化,留下布鞋和草帽/再往虚里去,你又回到村口/像出来的虚面,星河帆影/你是我永远的背影"。

另外,"语言是身体的刺青"——佛柳其人其诗,底色无疑有古典主义的一面,他的诗歌中大量使用古典意象,努力追求人与自然达成调和境界。古典主义的笔法和高哲学性碰撞,二者综合用力之下,在佛柳诗歌中得出神秘主义的调性,这是他的诗中另一值得关注的虚实互表的特色。

舒尔茨说过:"所有艺术家毕生致力于那些从童年起便像邮票般粘在他们脑海中的意象。"中西虽则有别,但哲学境况在上升到一定的层面时必将臻于融同。这种"奔跑",如同一场个体的自我省知。道家认为,人生和宇宙的外在表现形式都是虚的,人的终极目标是要追求内心的安定。在"奔跑"的虚笔叙事空间中反复梳理和修正既有认知,获得自我省视和安顿中。藉此,人获得心灵的安顿。在佛柳的诗歌里,我们也能通过他那些流畅切换的虚实笔触,看到他如何实现个体心灵的安顿。这部分体现在诗歌中的,既有诗人身体力行再反映在诗歌中的那些传统哲学所要求的修行,如《站桩》《环》等篇章中反映的站桩、修定等细节,也有他对童年和旧日时光的不断追溯,如《后屋》《抹不去的回忆》等篇章。

文学的叙事和形式的成立,正是在时空的虚实交叉与写作路径的切换中得以成立。真实和非真实的元素持续着交互参照的状态,并且对真实做出文学性能上的再创造,再反照回现实。作为一个成熟的诗歌写作者,从诗歌的形态到理念,佛柳都形成了自己的一套体式。据《空镜辽阔》集前言,作者自己的说法,他信仰"虚实同构、真假同源、有无同在"的写作。事实上,他的诗歌最终呈现的形态,也完成了对这套逻辑的实践。

读李清照

水通南国三千里
——李清照的襟怀

杨闻宇

"女儿是水作的骨肉",贾宝玉这句话,忽然让我想到即将一千岁的李清照了。流传下来的李清照的诗词非常有限,其间与流水连襟的几首,另辟蹊径,明心见性,仿佛更加耐人寻味。

常记溪亭日暮,沉醉不知归路。兴尽晚回舟,误入藕花深处。争渡,争渡,惊起一滩鸥鹭。(《如梦令》)

青年时代的李清照自驾小舟,忘情地行乐于水乡深处,潇洒、轻捷,娇憨自恣,将少女美好的青春在藕花深处推向了半醉半痴的极致状态。18岁那年,她嫁给了太学生赵明诚:

湖上风来波浩渺,秋已暮、红稀香少。水光山色与人亲,说不尽、无穷好。莲子已成荷叶老,清露洗、蘋花汀草。眠沙鸥鹭不回头,似也恨、人归早。(《怨王孙》)

将湖上风光拟人化,和谐静好,自在温馨,可见初期的夫妻生活是恩爱、温馨的。这样蜜月似的日子如梭似箭,没过多久,丈夫外出游学,年轻夫妻别离之后,李清照写下了《一剪梅》:

红藕香残玉簟秋,轻解罗裳,独上兰舟。云中谁寄锦书来,雁字回时,月满西楼。花自飘零水自流,一种相思,两处闲愁。此情无计可消除,才下眉头,却上心头。

读李清照

独上兰舟兮月满西楼,顺口吟成的这首词作率真巧慧,低回婉转,高远细腻,超逸清绝,将离别相思之苦抒写得楚楚动人,与上首《怨王孙》比照阅读,乐也罢,愁也罢,俱不失大家闺秀之风范。

李清照在青州与赵明诚共度了许多年。生活的急遽转折,出现在李清照44岁时。1127年,金人攻破东京,宋徽宗、宋钦宗被俘北去,赵构五月即皇帝位,八月,赵明诚起复江宁府事、仍兼江南东路经制使(官是够大的了)。升官时的赵明诚马蹄春风,自然是轻装南下。

年底,青州发生兵变,赵家的书册、物什十余屋遭焚。李清照无奈,只能去投靠丈夫,她载书15车,过淮、渡江,于翌年春抵达江宁(可证李清照是多么能干)。

1129年春,驻军江宁的御营统制官王亦阴谋兵变,赵明诚得到消息,连老婆也不要了,急惶惶"缒城宵遁矣"。这个赵明诚太不像话了,很快被罢了官。被罢免之后,夫妇二人便沿着长江西行(行程中一直携带着浩繁笨重的金石藏品),准备到池阳落脚。行经安徽和县时,夫妻二人应当是造访了乌江边的项王祠的。因为《金石录》里列有项王祠里的唐代碑铭(藏品或许就放置在江边的船上)。这是李清照生平里仅有一次的行经此地,可以推知,《夏日绝句》一诗,应当是此时此地的产物。

生当作人杰,死亦为鬼雄。

至今思项羽,不肯过江东。

诗作吟成时,须是藏掖不露,不能让丈夫发现的,因为诗里的针对性实在露骨。尽管,诗里所嘲讽的对象,也未必就是纯粹针对着赵明诚的,因为国衰家败,山河破碎,那是个朝野上下窝囊透顶的时代。不可轻忽的是:赵明诚升官,非常得意,可一见风吹草动,就胆小如鸡,抛弃妻室,顾自逃命。现在乌纱帽丢了,便只好与妻子结伴而行。精明能干的李清照嫁给这样一个"驴粪蛋子外面光鲜"的男人,心底会是何等滋味呢?

正因为软骨头的赵明诚与宋高宗是一路货色,落脚池阳时,五月里又被旨知湖州;六月,在建康的赵构要召见赵明诚,赵明诚便乐滋滋地独赴行在。七月末,守在池阳的李清照听说丈夫病了,便急忙"解舟赴建康"。八月十八日,赵明诚病故,李清照"为文以祭,旋葬之"。离开建康时,她写下了一首《浪淘沙》:

帘外五更风,吹梦无踪。画楼重上与谁同?记得玉钗斜拨火,宝篆成空。回首紫金峰,雨润烟浓。一江春浪醉醒中。留得罗襟前日泪,弹与征鸿。

紫金峰就是钟山。丈夫去世,李清照只得追随宋高宗而离开建康。舟行长江时,回望这伤心之地:在这里,夫妻二人的生活到了终点的第28个春秋,这里曾经有过与丈夫共同绕城觅诗的雅趣，也有独葬亡夫的凄楚与痛苦，"一江春浪醉醒中"，回肠九曲碎裂时，这是泪满罗襟、生死离别的行舟启动之作……

沿着亡夫无法中断的宦途足迹，追随着窜逃不已的赵构，李清照也实在是迫不得已，因为眼前只剩下这一条路了。曲折艰难的南逃途中，李清照又经历了金石藏品被骗遭窃、流言蜚语恶意中伤，以及因误认张汝舟而再婚破裂，饱受老拳殴击，直至为打官司而将自己一度被关进牢狱等一系列非人的折磨与痛苦……颠沛流离，连续奔波五六年之久，好不容易才落脚于临安。

1134年9月，金人进一步南犯，临安百姓纷纷离城避难，大病初愈的李清照，仓促雇舟，也从富春江溯流而上，途经严滩时，写下了一首《夜发严滩》：

巨舰只缘因利往，扁舟亦是为名来。
往来有愧先生德，特地通宵过钓台。

严子陵和光武帝刘秀是同学，东汉建立后，严子陵就改名换姓，隐居于富春江畔。刘秀希望严子陵能出仕，服务于朝廷，遍地寻访，总算找到了严子陵，刘秀亲自上门拜访，可严子陵最后还是拒绝了刘秀的好意，归隐于富春山，耕读垂钓。

随众逃难的李清照，不能不经过严滩。在这样个距临安不甚远的地方，大船是因为要谋利才往来，小船是为了求名声而来往。

严先生淡泊名利的品德，还有谁介意呢？国难当头，莫要说拍案而起的志士仁人了，就连严子陵这样不为名利所惑的清高之人也遭受冷落，弃如敝屣。然而，行经这里的李清照，以严子陵的清正不阿比照自己的灵魂，心底却实在是很愧疚的（虽然她仅仅是为了生存，混迹于难民之列）。一个患难中逃亡着的女性，羞于在大白日面对严子陵曾经待过的遗址，于是就选择夜间悄悄赶路，低着头匆匆地掠过，这该是怎样的襟怀噢！试问天下须眉，在国难当头之际能具如此襟怀者，能数出几人呢？

风住尘香花已尽，日晚倦梳头。物是人非事事休，欲语泪先流。闻说双溪春尚好，也拟泛轻舟。只恐双溪舴艋舟，载不动，许多愁。

这首《武陵春》是1135年流亡到金华时写的。舴艋，是比蝗虫小巧而善于蹦跶的昆虫。"人比黄花瘦"的李清照年逾半百，生命里满是"物是人非事事休，欲语泪先流"的痛苦，正因为身负的忧愁实在也太深重、太压抑了，为了喘一口气，她想找机会放松一下，便很想去秀丽的双溪自我排遣，这样想时，却又转而担心：舴艋舟如何载得动这满腹的心事与忧愁？因为国破家亡，因为苦难连踵，青春时代"沉醉""争渡""惊起一滩鸥鹭"的奋勇无前的那等活力，在李清照的身上难道就彻底泯灭了吗？

读李清照

侥幸的是，在金华时，她又写下过一首《题八咏楼》：

千古风流八咏楼，江山留与后人愁。
水通南国三千里，气压江城十四州。

将舴艋舟所载不动的"愁"字与"水通南国三千里"的八咏楼连襟阅读，所展示出来的又岂止是开阔壮美的南国江山图呢？"清照"之名，取自王维的"明月松间照，清泉石上流"，年轻时湍激流动的清泉襟怀，越过重重坎坷而远通于南国，又何止是三千里呢！中国土地上的诸多江河走向大抵都是自西而东，而李清照几十年间的感情历程，一连串的灾难，则是自北朝南的。50岁那年，她有过这样的诗句：

子孙南渡今几年，漂流遂与流人伍；
欲将血泪寄山河，去洒青州一抔土。

李清照身世的漂流沦落，正是从青州起始的。在一系列意外的巨大的困厄颠沛之中，矢志不渝，沉重与艰苦为其所注入的只是"气压江城十四州"的韧性和刚毅，这才是李清照卓异非凡、磐石不移的品格与气质！

既然是这样，她写下的词作《渔家傲》，就用不着再饶舌了罢：

天接云涛连晓雾，星河欲转千帆舞。仿佛梦魂归帝所。闻天语，殷勤问我归何处。我报路长嗟日暮，学诗谩有惊人句。九万里风鹏正举。风休住，蓬舟吹取三山去！

李清照去世后，葬于何处？有人说在扬州市境内，有人说在济南市漱玉泉旁边，笔者感觉，这都是不着边际的臆测。生当人杰、死为鬼雄的李清照，多灾多难，支撑她的始终是不变的家国情怀和人格的高尚追求，这种壮阔的境界和理想，使她处身于文学史的思想峰巅。

上世纪70年代末，世界天文界以"李清照"的姓名来命名水星上的一道环形山脉，女神归位于"水星"，得其所哉——"仿佛梦魂归帝所"，这也是整个中华民族的骄傲。

《上海诗人》理事名单

常务理事　　　　　　　　　　　　　　陈金达

请风坐进我的诗行（组诗）

丹 飞

请 风

为了请风坐进我的诗行
我必须吃进雨
也吃雨偶遇的天蓝、草绿
鱼的白和禽兽的红
性本善和心不古
直到我多吃一口会呼风唤雨

这就是爱

为了更像我
太阳脱光了头发
变成了月亮

春天，做个薄情的人

春天，做个薄情的人
分一抹新黛
给喊声触不到的山
分一抹鹅黄
给舀一瓢响声入云的水
分一行诗
给世间多情的人
添一勺春意
让他们福杯满溢

城市记忆

求知十年
谋生八年
送来了十八年
拿走了十八年
你开始是生人
后来是恋人
最后是旧人
我洗去身上粘着的最后一片月光
证明：
这是一个我和爱都没去过的城市

源头的黄河
（外二首）

杨瑞福

直溯青海，把路途上遭遇的一切劫难
向高原倾诉，让最终入海的黄河
亲自宣布这一万里的流程
最终，究竟彻悟到了什么

由五个小泉眼组成的扎曲
压根儿没想过，它偶然的冲动
有一天，会酝酿出惊涛骇浪的大河

波澜壮阔的身段，曾来自稚嫩的童年
潺潺山溪开始

银川的黄河

一方水土养一方人
银川人，对于黄河的感受
这一句俗语远远不够
他们似乎更喜欢另一句赞语
"天下黄河富宁夏"

很多银川人选择留下
他们说，留下的原因是舍不得黄河

夕阳西下时，黄河古渡
就开始抛撒满地的金片
这居然是历史碎屑的成色

河边的水洞沟遗址
再也没有狩猎的古人类出现
他们手中紧握的石器
早已成为博物馆中的文物
怀念，不总需要逼迫大河流泪

若尔盖的黄河

上游的黄河流出青海
它突然扭身化一条巨蛇
游至四川阿坝的若尔盖

老乡说，黄河进入四川
是受了另一条短短白河的诱惑
没有手捧玫瑰，每天都是情人节

这是黄河不可剥夺的权利
却苦了前来探亲的游客
连续换乘了十四部斜电梯
登上三千六百米的高台

突然风雨交加，我在雨中俯视黄河
腰身的曲线是如此的婀娜
入夜，它们幽会的神话没能入梦
我的头因高原反应而剧痛

周庄画卷（外一首）

丁卫华

江南惯有的柔情
在周庄的水面荡漾开来
小桥流水的人家
坐落在画卷里
以一曲悠扬
贯穿整座水乡一千多年
韵味十足
一脉相承的典雅
选择临水而居
缭绕的世界里
乌篷船选择沉默
双桥朦胧
油纸伞撑开的故事
在街头巷尾浓情上演
惬意和闲暇的主题里
碧波的笑脸
徜徉在周庄的怀抱
弹奏吟唱一首首温馨和动人的江南歌谣

烟雨长廊

江南烟雨的童话
在长廊的渊源里流传

往事的浪漫
烘托出的氛围
在三月的江南生根发芽
现代与古典交融的磅礴
随乌篷船的荡漾
诉说着古镇的繁华和欣欣向荣
河道的问候
和流水的潺潺一起
将美丽的传奇
——呈现在立柱上
那些唐宋的诗词
和明清的胭脂
所包容的宏大或婉转
被收纳
江南如水的柔情
和不动声色的妩媚
在烟雨长廊的腹中跌宕起伏

书 信（外一首）

张亭亭

薄暮冥冥，给你写的书信，
打开的时候会掉落一地的余晖，
字里行间是彩霞满天。

夏山如碧，给你写的书信，
描绘的都是小溪泛尽翠山更幽，
弦外之音是鸟语蝉鸣。

情难自控，给你写的书信，
记录的情愫是悱恻缠绵一场梦，
言外之意是不由自主。

写给你的书信，
我怕下笔太重，惊扰了落霞满天，
我怕下笔太轻，装不下万里星河。
我为人迂腐，唯有笔下温柔，
我尽可能表达的风雅含蓄，
愿你能读懂我的极致热烈。

顾盼流连

静望漫天的飞雪，
飞舞盘旋，沙沙觊觎万千世界，
思念打转，簌簌共谱朝夕暮年。

静候晚来的北风，
踏遍江河，呼呼划分往事如潮，
烟火升起，瑟瑟改写梦回渡口。

静待黎明的幻化，
回忆侵袭，步步紧逼诗里留痕，
青发白丝，铮铮一生柔情呐喊。

静止月影的婆娑，
疏梅黯然，恋恋不忘天各一方，
生死契阔，潺潺情愫覆水难收。

岁月终不负深情
（组诗）

戴薇薇

孟夏词

画船听雨之夜
听闻江东客来
鸢尾亮出一柄长剑
闪烁神性之蓝
榴花高举灯笼
检阅肥沃的葱茏
一盏耀眼的红
照亮绿色澎湃的渡口

时光远阔　恰好你在
月华牵引一湾碧水
新荷半露婀娜倒影
风的长笛
试音一曲南歌子
两只斑鸠驻足孟夏枝头

青梅煮酒　时间入喉
梅林深处的小院
泛黄的竹椅吱吱呀呀

宛若宋词平仄韵律
夏日初长
如一把折扇
自我微汗的手中
徐徐铺展

往事随风　雨声入梦
蜻蜓练习点水
菡萏心跳加速
紫微星默诵人间爱与感动
我们在彼此的眼眸
找到了天空

谷　雨

千山沐雨　岸柳缱绻
粉蝶欢舞花前
布谷流连芳烟
一盏毛峰的醇酽
也许春天最懂品鉴

每一片新叶
都会赶到春天
接受时光遴选
正如每一朵花
都曾与春风相约
唱一曲久别重逢

梅 雨

阳光犹豫在进退之间
这场雨在唐诗里落了千年
一叶微醺的扁舟
在梅子树下徘徊良久

草木渐浓的苏堤
谁频频舞动天青色水袖
落笔断桥相遇的诗行
一朵桃花的思念
已留给春天
半盏龙井的低诉
唯有舌尖听见

拧也拧不干的夜晚
一池古老而新鲜的荷
自暮色里起身
雨的声音如一阕小令
相思如莲
寂寂生长

几里外的村庄
（外二首）

屠国平

麻雀，带回
更深的暮色。
几里外的村庄
连同天空一齐
低矮下来。

一条流浪狗
穿过稻草人守望的田野，
在记忆里停下。
它嗅了嗅
破漏的柴房，
月光一样虚无的骨头，
"呜，呜"叫了几声。

那双忠实的眼睛，
仿佛村庄里
两盏孤寒的灯。

雨　水

雨水"沙、沙"地过来，
落在梧桐树叶上，落在天井里。
它们都有自己的声音，
而我没有。

小草在雨水中潜行，
那绿色的脚步，不曾停下。
要经历多少次的磨砺，
要经历多少次的枯荣，
我才能听见一滴雨
落向太湖时
那种宽阔的雨声。

在院子里，和一只蚂蚁对坐

在院子里
和一只蚂蚁对坐
顺着它纤细的目光
我仿佛也坐在了
叶子上面

风徐徐拂来
我们离尘世
还很远
很远

瓯江品梅（外二首）

凌　寒

那一夜
江水静的就像月亮一样
一个在天上
一个在地下
 仿佛怕惊扰了我们的对话
 一动不动

陌生的友人端来了故乡的杨梅
凉津津的甜
直达内心
我们谈论着与杨梅无关的文学
 忘记夜已深沉

当几案上的美味全都一扫而光的时候
所有的陌生人都成了朋友
 江水在偷笑
黑夜里响起神秘的声音

龙泉铸剑

火星在夏日的午后飞溅
烧红的钢铁软的没了骨头
铁锤敲下的当当声
响彻天地
　一次次从炉膛中取出
地狱与炼狱之间穿梭

你以为这就涅槃了吗？
还有日复一日的打磨
难以想象的寂寞与艰苦
日期在这里是没有意义的

就在人们昏睡的某一天
一把削铁如泥的龙泉宝剑诞生了
在竹林间挥舞
竹子纷纷倒下
膜拜在它的脚下

永嘉书院

这个地方就像仙境
因为那天烟雨蒙蒙
绿植从画里跑了出来
安静地播撒着仙气
还有淡淡的忧伤

我怀疑前世来过这里
为什么那么熟悉
草、树、雨、木屋
乃至空气
都与我心灵相通

我一个人踽踽独行在画中的小路
如梦如幻
雨声在撑开的伞上开出雨花朵朵
　遥遥间我看到了瀑布的水
　冲击下来
画出更大的花朵

我的眼泪争先恐后地落下
就是小小的花儿

加格达奇
大兴安岭记行
（外一首）

何之彦

怀着少年时代好奇的梦想
飞机带来希冀已久的旅行

动听的歌声轻轻回响耳畔
一片大森林高高的兴安岭

睁着无数双眼睛的白桦树
窝棚里冒着红光的小松明

曾经一人一把枪的鄂伦春
茂密林中骑马穿梭无踪影

蹦跳着突然蹿出了梅花鹿
小獐子却陷入猎人的陷阱

好多好多叫不出名的花草
陪夏日和煦的风漫舞轻盈

满山遍野是绿绿的新长木
再听不到伐木人的放山声

阿里河畔拓跋鲜卑嘎仙洞
燃烧多少神奇传说的火星

觥筹交错相逢在大杨树镇
屠猪款客女主人豪显真情

早晨的雨中道别意犹未尽
只不见传说中的霜雪冰凌

大海的印象

真的令人神往，令人心潮澎湃，
那无数多的传说令我憧憬大海！

长江口附近的海黄色泛白，
却是第一次看到的海的浪头。
那水天相连的景色使我，
想起了创世纪时的诺亚方舟。

海南的海是湛蓝湛蓝的，
举目望去使人心胸开阔愁云全无。
大连、青岛的海一样湛蓝，
海水却是一样地咸得有些发苦。

芬兰湾的海像一片片的内湖，
静谧得看不到潮汐的起落，
大概月亮对它有点儿疏忽。

写在新春的树林里（外二首）

叶振环

我走进人烟稀少的树林
清风拂过，树叶颤动
时而传来各种虫鸣鸟叫的声音
鸟儿噗噗噗地展翅
一眨眼就翱翔在蓝色的天空
此时无不感到大自然的生机和律动

是的，花儿开了，小草绿了
树林到处郁郁葱葱
眼前是一派生机勃勃的美景

我看见，迎春花开得如此茂盛
我听见，树林深处合奏着百鸟朝凤
我在想，冬去春来的美妙时分
人们一定在准备着不日的春忙春耕
一定在憧憬着玉兔秋天的五谷丰登……

法国尼斯港外的地中海，
洁净清澈波浪像彩带似的起伏，
随风飘来略带鱼腥气的小露珠。

巴塞罗那海边的落日，
把人影拉得老长老远，
不过也没有长过岸边古老游艇的桅杆。

日本东京湾海滩的泥淖，
吸住了我试探太平洋的左脚，
竟引来了一对情侣在岸边窃笑。

澳洲东北部海岸线蜿蜒漫长，
并不能止扼大堡礁峭崖的孤傲。
我惊异企鹅岛冲出巨浪回家的小生灵，
南半球天上的南十字星在暗夜中闪耀。

宽阔的夏威夷的海滩，
铺着人工运来的细细白沙。
而不时冲击着火山岩的大海惊涛，
穿过礁盘中的洞穴喷出柱状的水花。

不过海就是海呀，宽阔豪迈，
我喜欢，喜欢神秘多姿的大海！

思 念

我把落了一地的忧伤
藏进用月光织成的网
然后
把它伴着落花
随着流水飘向远方

我把白日种下的梦
悬挂在夜的窗口
然后
静静地等待
种子破土的那一刻

我把相识你的每一天
都做成思念的书签

然后
在没有你的日子里
细细地翻看

我把关于你写的滴滴点点
认真地写进字里行间
然后
在我想你的时候
慢慢地回味
直到永远

心甘情愿

树木心甘情愿为风去摇曳
因为这样才能体现
风是温柔还是热烈

阳光心甘情愿为花去照耀
因为这样才能给予
花朵生命和美丽

大地心甘情愿为雪去等待
因为这样才能表示
冬有浪漫春将再至

而我心甘情愿为你去痴爱
因为这是前世缘分
命中注定今生再来

爱上这片海
（外一首）

文 博

细浪把心思摇成一叶小船
岸边，一个老者正垂钓夕阳

一叶枯寂的旧船
安静地等在浅滩上

天色未晚，暮归的渔船亮起了弱光
恍惚我是随风摇晃的小舟
被一条缆绳系在岸上

雨 夜

今夜，窗外雨打芭蕉
仿佛你正坐在窗边的椅子上
被远远地阅读，如同旧时
卷帘人

夜色微凉，谁在轻唤我的名字
又有谁知，我还有相思未曾尝

夜 语（外二首）

晶 石

靠近再靠近
让我听你的夜语
夜的细语
轻轻的
如雨丝滑过了
我的耳边
如春风吹遍了
我的身姿
夜语悄悄
掀开了蒙着的心房
今晚的夜语
又甜蜜又喜悦

声 音

那声音为啥这么欢喜
缠缠又绵绵绕在耳边
犹如美妙的曲
轻吟欢快
我是那么痴迷那么眷恋
如同鱼儿不能没水
花儿不可无蝶
风儿也吹不走
这让人牵挂的声音
因为已烙在了心头

湖 心

平静绵绵的湖
花树环绕与阳光一起炫耀
站立湖边
恍如水波在轻摇我的身影
此岸的湖呀
可有我的所欢
如果我在此歌唱起舞
是否会惊扰
那波澜不惊的湖心
波光粼粼

偶 得

陈洪法

塞雁南移，倏忽念母

难干离痛泪，撒手母西归。
寒夜儿频问，黄泉有暖衣?

霸 业

天地眉梢动，风云眼底浮。
移山前额叠，捧海指间流。

嘱 鱼

江湖莫结仇，水浅不停留。
香饵休馋嘴，贪时命丧钩。

重阳得句

薄雾压山沟，霜煎小草头。
流星回故地，利箭射乡愁。

新婚鸟

金鸥一对显神灵，出海腾山驻草坪。
晨霭犹闻枝上报，红波昨淹小凉亭。

送 行

泪滴蔷薇是至尊，灰沙四散护离村。
枝头小鸟高声唱，家犬随行如子孙。

自 嘲

搏得功名自不提，卑微门第有贤妻。
江湖深浅擒鱼乐，燕筑金窝嘴啃泥。

东滩见鹤顶红

群仙纷落家乡地,顿见晴空雪片扬。
白羽如云丹顶动,芦滩息翅待遥翔。

石观音

人求菩萨朝南海,我得观音正果施。
涤净尘埃心向善,虔诚一世绽莲姿。

偶见一鹰腾空入水

激浪雄鹰翻滚落,半空起伏舞云台。
奇观一瞬无踪影,直叩龙门洞已开。

爱情磐石坚

相思无奈乱,心事锁尘烟。任有乌云盖,
　何妨冷雨煎。
情依秋夜月,意会鹊桥仙。牢记松间誓,
　却如磐石坚。

家乡变迁记

曾生荒草地,描绘大前程。路阔车来往,
　楼高月穿行。
田头观稻熟,早上起鸡鸣。若问如何富?
　爱拼才会赢。

登泰山

泰岱雄千古,危崖险壁征。情怀须望岳,
　石径永留名。
登顶云霞接,下坡花鸟迎。今来游履迹,
　不枉释平生。

独醉深秋红

怵目苍山老,欣观醉有枫。寒霜侵草树,
　晓燕驭云空。
偏爱阳光照,都因命运通。丰收掀稻浪,
　起伏伴秋红。

七律—远航（八首）

高元兴

船离新港

新港沧波鸣笛扬，四围滚滚拍船樯。
惯于跋涉九千里，遥向峥嵘三大洋。
何处相思明月夜？秋风有意梦还乡。
茫茫江海应知我，遣浪追涛情味长。

远航

天涛海浪举帆行，万里航程丝路明。
红日出云金缆系，霞光一抹碧澜生。
临风咸涩眼非泪，相别深知心恋情。
仰望苍鹰高瞰处，纵横宇宙意峥嵘。

观海

天书地帙潮为页，一卷犹存千古雄。
波涌长穹魂魄在，鹰翔深海闪雷中。
岂容云雾遮双眼，欲入蓬莱成万空。
暮色谁愁残照少？还冲沧浪沐高风。

寄意

夜阑听雨海涛鸣，滚滚滔滔意气横。
几度天涯扶浪走，也曾山麓采霞明。
捷才诗少偷新律，肺腑歌吟见赤诚。
何必忧愁堆枕下？炎凉尘世自多情。

望远

几回望远大江东，岁月苍茫一笑中。
花甲年来非觉老，黄昏日渐却无空。
新吟旧曲情难断，旧唱新歌心亦同。
莫谓光阴随浪去，且凭沧海借豪雄！

海镜
——过零丁洋

一海碧波裁翡翠，万顷浩瀚涌天门。
芙蓉映日暖人面，珠璧流星复血痕。
更有史诗千古颂，独留肝胆向黄昏。
应知宇宙蔚蓝镜，历历分明照赤魂。

观海偶思

晨兴凭栏鸥鸟绕，沧溟一色举高桅。
但听大浪乘风起，仍见洪涛卷霹雷。
曾织丝绸通海路，也燃热血映霞徊。
国昌莫忘国危日，盛世当思衰世回。

望海，思"海枯石烂"句

情为何物谁相问？宇宙茫茫我却嗔。
石烂奇闻天下少，海枯盟誓世间珍。
三生缘定真心始，浪漫情痴假意沦。
只是人寰悲喜泪，古今多少叹红尘？

诗海钩沉

"九叶"诗人曹辛之

韦泱

曹辛之先生的职业是书籍装帧设计，但诗歌无疑是他一生中最大的爱好，并成为我国现代诗歌重要社团"九叶诗派"的主要骨干。他曾说："在三十年代，我学习写诗，开始在报刊上发表习作"。

虽然，现在已无法查找到曹辛之是什么时候开始诗歌创作的，如果作为练笔的话，他在一九三六年参与编辑《平话》文艺刊物时，就写过各种文艺形式的作品，包括诗歌。两年后他到延安鲁艺，结识著名诗人艾青，就受到诗歌的影响。一九四二年，他在重庆生活书店工作，结识著名诗人臧克家，对他的影响就更直接了，他研究臧克家的诗歌，以孔休笔名，写下两万余字的长文《臧克家论》。又以曹辛的笔名，编选普希金的诗歌《恋歌》《高加索的囚徒》，由桂林现代出版社和重庆文林出版社出版。在从事这些与诗歌相关的活动中，他尝试写诗。一九四四年，他将自己几年来创作的诗歌，以手抄的形式，编了人生的第一部诗集，起名《木叶集》，油印装订成若干册，分赠给文友。"当时我正对商籁诗有着浓厚的兴趣，收在《木叶集》里的诗，大半是用的不完整的十四行体（没有严格的按照它的格律写）"。当年在《新华日报》工作的胡绳也收到了这册诗集，并给作者来信说："《木叶集》常在手边，

诗海钩沉

讽诵再三,第一我将指出晦涩,这和你所用的诗体也有关吧?似乎在多样的调子下都流露着一种凄惋哀沉的声音"。可惜这本没有出版的诗集,现已找不到它的踪影了。第二年,他以曹吾的笔名,由草叶诗舍出版诗集《春之露》,交读书出版社经销,袖珍小开本,收诗十七首,分成两辑。这个"草叶诗舍",估计也是杜撰的出版机构,其实就是私人印制。他又另外换了封面和书名《撷星草》,印五十册编了号,只赠朋友不出售,当然也是自印本了。新诗史家刘福春在编《中国现代新诗集总书目》时,找到《春之露》,又设法找来《撷星草》,仔细一看,里面内容完全一样,询问作者本人后才弄清原委。这种同书异名现象,在中国诗坛是极少有的。

曹辛之诗集《噩梦录》

曹辛之诗集《春之露》

一九四七年十月,诗集《噩梦录》列入"创造诗丛",由星群出版社出版,这应该是他第一本正式出版的诗集。收诗作十二首,分为两辑。诗集作者为杭约赫,这是他喜欢用的一个写诗的笔名。一九四六年十一月,他的《还乡记》首发《文艺春秋》第三卷第五期,当属第一次用"杭约赫"署名。这是劳动号子"嘿哟呵"的谐音,表示他的命运是与诗歌创作、与劳苦大众连在一起的。在上海的臧克家为诗集作《序》,《序》中说:"杭约赫是一个画家,他'厌弃了彩笔'来学'发音'和'和声'。抓住一点向深处探寻,把它凝结成晶莹的智慧,使人覃思比直感的时候更多,他的字句也是百炼而成,像一道细水从幽邃的山洞里阻涩的流出来,以自己那种节制的音响向一个深潭里去,他缺少了波澜壮阔的那份豪情,但也没有挟沙而俱下。他是饱经了人生忧患,在落潮里想望着一阵新的风暴"。毕竟接触多了,又是诗坛老将,臧克家了解曹辛之及他的诗,中肯分析了他的诗。那"他缺少了"的,也许正是他的风格所在,细腻,内蕴,委婉。

一九四八年五月,曹辛之出版了《火烧的城》,由星群出版社列入"森林诗丛",署名杭约赫,收诗作十四首。诗集以最后一首长诗《火烧的城》作为书名,可见诗人较为看重此诗,这是他用长诗来表达自己情感的最初尝试。如果说,这是他长诗创作中小试牛刀的话,那么,接着于一九四九年三月,由森林出版社(星群出版社的副牌)出版的《复活的土地》,他破天荒地在长诗后面,附了四十三条注释。这是他颇感满意的一首长诗,他为之呕心沥血的心血之作。

直到一九八一年七月,江苏人民出版社出版《九叶集》,选了曹辛之诗作十四首。这其实是一本九人诗歌合集,创作时间以二十世纪四十年代为主,后来他们被学界共认为"九叶"诗派。

一九八五年十月,他的诗歌选集《最初的蜜——杭约赫诗稿》,由文化艺术出版社出版。诗集收诗作三十三首,分为三辑。诗集中最后补进两首以前没有编入集子的寓言诗《嫉妒的孔雀》《乌贼》,和《跨出门去的》《最初的蜜》《题照相册》三首诗,以及一首一九八二年新写的诗《叶老长寿》,此诗距《题照相册》,写诗整整间断了三十三年。因为,曹辛之和他的"九叶"诗派,"曾受到一些同志的指责和欠公允的对待,这种情况一直延长到建国以后。以致从五十年代起,我们不得不中断了新诗的创作,无法进一步沿着自己的艺术道路发展下去"(曹辛之语)。艾青以《曹辛之的诗》一文为之作序,较为全面地论述了曹辛之的诗歌创作,知人善论,正如曹辛之所说:"在前辈诗人中,我接触最多、受益最深的是艾青和臧克家同志"。诗集后面附了曹辛之的长文《面对严肃的时辰》,副标题为"忆《诗创作》和《中国新诗》",以及长篇《后记》,披露了许多珍贵的诗坛史料,也可以看作是曹辛之为自己一生关于诗歌写作的最后总结。

二000年一月,在长江文艺出版社出版、周良沛主编的《中国新诗库》第九集中,有《杭约赫卷》,是曹辛之的诗歌选集,选诗二十一首。前有编者的万字长篇《卷首》,对诗人和诗歌作了综合评述,最后写道:"对于这样一位诗人,仅仅以他某些篇章的艺术表现手法,就界定他为什么派诗人,而这派号,不论是荆冠还是花环,都显然太简单、太粗暴了,而不是历史地、全面地,以诗人的诗看诗人,却犹似在'站队划线'了"。

此外,上海人民出版社作为"出版博物馆文库"之一,于二0一一年五月出版了三卷本《曹辛之集》。在第一卷中刊出了四首"集外诗",即《十四行四首》中的第三首、长诗《仇恨的埋葬》(未完稿)、《装帧工作者之歌》《冬日的树》。加上他以前出版的诗集和选集,就是他的全部诗歌创作了。

图书在版编目（CIP）数据

宽容的温暖 / 赵丽宏主编. -- 上海：上海文艺出版社，2024. -- ISBN 978-7-5321-9103-1

Ⅰ．I227

中国国家版本馆CIP数据核字第20241MQ617号

责任编辑：徐如麒　毛静彦
美术编辑：雨　辰　沈诗芸
封面设计：赵小凡

宽容的温暖
赵丽宏　主编
上海世纪出版集团
上海文艺出版社 出版
201101 上海市闵行区号景路159弄A座2楼
上海文艺出版社发行中心发行
201101 上海市闵行区号景路159弄A座2楼206室 www.ewen.co
上海昌鑫龙印务有限公司印刷
开本 787×1092 1/16　印张 7　插页 2　字数 123,000
2024年8月第1版　2024年8月第1次印刷
ISBN978-7-5321-9103-1/I.7160　　定价：12.00元

告读者　如发现本书有质量问题请与印刷厂质量科联系
T：021-52830308